徳間文庫

虐讐

龍一京

JN283085

徳間書店

目次

プロローグ

「やめろ、やめろ……」

大城《おおしろ》が声を震わせた。

そこはマンションの一室。大城は二人の男たちに銃口を突きつけられ、さらにもう一人の男から息子を人質に取られていて、抵抗はおろか、身動きもできなかった。

子供はおろおろしていた。父親の懐《ふところ》に飛び込みたいのだろうが、大人の太い腕にがしっと体を抱きかかえられ、口を塞《ふさ》がれていて、泣き叫ぶこともできなかった。

「出しゃばりやがって――」

男の一人が側頭部に銃口を押しつけた。

「汚ねえことを……子供を放せ！」

大城が声を震わせ、強く反発した。

自分よりも息子が殺されるという恐怖と、目の前の息子を助けられないもどかしさ、悔しさからか、蒼白《そうはく》になっている顔が引きつる。激しく唇を震わせていた。

「世の中、すべて汚ねえことばかりじゃねえか」

「おまえら、こんな小さな子供まで殺そうというのか！　殺すなら俺ひとりを殺せ。息子は関係ない！」

「そんなに息子が可愛《かわい》いか。その可愛い息子の命を縮めるようにしたのは誰だ。てめえ自身じゃねえか」

男のひとりが口角《こうかく》を歪《ゆが》め吐き捨てた。

「俺の命が欲しければくれてやる。子供だけは解放しろ！」

大城が狼狽《うろた》えながらも強く反発した。

ただただ子供を助けたい。その一心だった。が、愛する息子を助けてやることもできず、苛々《いらいら》していた。

「解放しろだと？　てめえ、誰に物を言っているんだ。おのれの立場がまだわかっていねえようだな」

男の一人が冷ややかに言った。

「悪かった。謝るから子供だけは助けてやってくれ」

大城の腸《はらわた》が煮えくりかえっていた。苛立ちと悔しさを抱きながらも気持ちを抑え、歯を食いしばって頭を下げた。

「てめえも独りであの世に行くより、子供と一緒の方がいいだろ」

「子供はまだ四歳なんだ。何もわからん。頼むから助けてやってくれ」

大城が懇願した。

「うるせえ！ ぐだぐだ言わず死にゃいいんだ。てめえの嫁は俺たちが面倒を見てやるから、心配するな」

男がニタッと口元を歪めた。

「何だと！ てめえら——」

「もういいだろ」

男のひとりが話を打ち切った。

子供を抱いていた男が細い首に手を掛けた。

一瞬、苦しそうに顔を歪めもがいた子供が、ガクッと首を折り頭を垂れた。

「やめろー！」

大城が大声を振り絞って叫んだ。

瞬間、引き金に当てていた男の指が動いた。

プシュッ——。

小さな音が漏れる。銃が炸裂《さくれつ》しサイレンサーつきの銃口から、オレンジの炎が噴き出した。

「うっ！」

大城の顔が歪む。と同時に鮮血が飛び、頭部が後ろに大きく弾けた。

崩れ込んだ大城の体が、仰向《あおむ》けになって床にぶっ倒れた。

後頭部から噴き出した真っ赤な血が飛散し、床を赤く染めた。

「チッ！　正義面しやがって」

「俺たちを舐《な》めるからこうなるんだ。自業自得だ――」

別の男が血だらけの遺体を見下した。

大城の遺体を見下した男がサイレンサーを外し、脇《わき》に吊《つる》したホルスターに拳銃《けんじゆう》を収め、さらに短く指示した。

「遺体の写真を撮れ」

「了解――」

男が言って、ぐったりして動かない子供の遺骸《いがい》を、物でも蹴《け》るようにして、足で大城の傍《そば》に動かした。

「馬鹿めが！　すぐ丸焦げにしてやる。もう少し辛抱するんだ」

傍にいた男たちが、口々に冷たい言葉を浴びせかけた。

若い男が、ポケットからデジタルカメラを取り出した。まだ射出口から血が噴き出しているのに、顔色一つ変えず、当たり前のようにシャッターを切った。

「もういいだろう――」

男が、息絶えている大城から視線を外し、用意していたペットボトルの容器を摑《つか》んだ。

中にはガソリンが入っていた。

ペットボトルの蓋《ふた》を外した男が、どぼどぼどぼと、頭から体にたっぷりガソリンを振りかけた。ツーンと揮発性の臭いが男たちの鼻をついた。

「おまえたちは外へ出てろ」

男が鋭い目を向けて指示した。

二人の男が遺体から離れ、先に部屋を出た。それを見定めた男が、ポケットからライターを取り出した。

カチッ、小さな音とともに点《つ》いた火が、ボッと燃え上がった。

真っ赤な炎が、みるみる大城と子供の全身を包み込む。

ジリジリと髪が音を立てて焦げる。生臭い臭いが男の鼻先に漂った。

だが男は死体に慣れているのか、気味悪くも、何とも感じていないのだろう、平気で燃えている死体を見つめていた。

警察は遅かれ早かれ、この男の身元を割り出す。それでいい――。

男が、焼けている遺体と炎に目を凝らしながら、ニヤリと口角を歪め踵《きびす》を返した。

第一章　決断

1

「新田《にった》さん……」

渋谷の駅前。寒い中、ひとりの女が三人で歩いている男の一人に声を掛けた。

女の名は大城直美《なおみ》。一六〇センチのすらっとした体を、黒いトックリのセーターとロングパンツで包み込んでいる。

首にマフラーを巻き、白いコートを着ている直美はいま三十二歳。丸顔で目鼻立ちの整った長髪のとても似合う美人だった。

「またあんたか――」

立ち止まった男が、声を掛けてきた直美を、じろじろ舐め回すように見つめた。

直美が声を掛けた男は新田英吾。広域暴力団極仁会系篠崎組の組員だった。

「前にお願いしたこと、考えていただけましたでしょうか」

直美が臆《おく》することなく、真《ま》っ直《す》ぐ新田の目を見つめて話した。

この二週間で、すでに二回ほど接触をしている。今度で三回目の接触だが、拳銃を買いたいと話を持ちかけていたのだ。

「おまえも変わった女だな。だが、いくら頼まれてもこればかりはな——」

新田が訝《いぶか》しそうに鋭い視線を向け、言葉を濁した。

「無理をお願いしていることは、十分わかっています。見ず知らずの者から突然頼まれて、迷惑だとは思います。でも、私はどうしても欲しいんです。無理を聞いていただけませんでしょうか」

「俺には関係のないことだ。しかしそんな物騒なものを、女のあんたがなぜ必要なんだ？」

「詳しいお話は勘弁してください。ただ、一つだけ言えることは、護身用ということです」

「護身用？　誰かに狙《ねら》われているということなのか」

新田が聞き返した。

しかしこんないい女が護身用に拳銃を必要としているという。一体この女の身に何があったんだ。

いままで女が拳銃を欲しいと言ってきたことは一度もない。もし本気ならよほどのことがあったに違いない。本人は護身用と言っているが、誰か、殺したい奴でもいるのか――。

新田はそう思いながら、銃を欲しがる直美に女を感じながら、強い興味を持った。

「ええ、万が一のために……ですから、どうしてもすぐに現物《げんぶつ》が欲しいんです」

直美が言葉を濁しながら言う。

「だったら、俺が守ってやってもいいぜ」

新田が、直美の体に視線を這《は》わせながら、ニヤッと口元を歪めた。

「必要なときは、お願いするかも知れません。そのときはお願いします」

直美が差し障りなく言う。

「そうか、で、一つ聞くが、なぜ俺に頼む。前に断ったはずだ」

新田が直美の体を頭から足先まで舐め回すように、ねちっこく見つめながら聞いた。

「事件で拳銃が使われたというニュースはよく聞きます。でも、私のような素人《しろうと》は、たとえ拳銃が欲しくても、正直、どこで手に入れることができるのかわかりません」

「うん……」

「それで新宿の歌舞伎町《かぶきちょう》で、いろいろ当たってみました。その中で、拳銃のことなら篠崎組の新田という人に話してみろといわれたんです」

直美ががっしりした体つきをしている新田を、じっと見つめた。

「なるほど、それで俺に近付いてきたわけか……おい、おまえたちは先に行っててくれ。話が終わったらすぐ行く」

　新田が連れの男たちに言う。

　女が拳銃を欲しがっているのはわかる。だが、それが本当の目的かどうかはっきりしない。そこを確かめなければ話に乗れなかった。

「わかりました」

　若い男たちが、じろっと直美を見てその場を離れた。

「新田さん、ぶしつけですが、いくら支払ったら拳銃を売っていただけますか?」

　直美がはっきり金の話を持ち出した。

「おまえ正気なのか」

　新田があらためて聞いた。

　別に派手な印象はない。一見おとなしい感じのするこの女の口から、まさか拳銃が欲しいなどという言葉が出るとは思っていなかった。それだけに戸惑いながら強い興味も抱いていた。

「私のような見ず知らずの素人女が、突然拳銃の話を持ち出せば、驚くのも当然です。でも、中途半端な気持ちでこんなご相談はできません。私は真剣なんです」

「なるほど……」

「お願いです、売っていただけませんか……」

直美は新田の表情から反応を窺《うかが》っていた。

自分が無謀《むぼう》なことをしているのは自覚していた。しかし、どうしてもこの新田から拳銃を買いたかった。

篠崎組が裏で拳銃や覚醒剤《かくせいざい》などの薬物を扱っていることはすでに調べがついている。が、それより直美はこの新田自身に近付く必要があったのだ。

「はっきり言うが、おまえ、何か勘違いをしているんじゃねえのか？　拳銃など俺は知らねえ。悪いが他を当たってくれ」

新田が警戒して惚《とぼ》けた。

一体この女は何者なんだ。もしかしたら警察の回し者では。いや、警察が囮《おとり》捜査をしているのかも知れねえ。危ない、危ない。迂闊《うかつ》に話には乗れねえ——。

新田は表向き断りながらも、よからぬことを考えていた。

せっかく俺を訪ねてきた女だ。どうしても拳銃が欲しいというのなら、金とこの肉体を条件にしてみるか。

こっちもヤバイ仕事をするんだ。これだけの女は、そうざらにいない。利子代わりにこの女を抱くというのも悪くはない。新田はそんなことを考えながら、再度直美の体を舐め回すように見つめていた。

「そうですよね。突然、拳銃を売ってくださいなどといっても、信じてくれないですよね。新田さん、はっきり言ってください。どうしたら私を信用してもらえますか」

直美が言って視線を外し顔を俯《うつむ》けた。

その仕草が、新田をドキッとさせた。内心ニヤリと笑いを浮かべた。直感的にこの女落とせると考えながら話した。

「あんたが警察の者じゃねえという証明があればな」

「私が警察？　そうだったのですか。そんなことを気にしていたのですか……」

「俺は警察と肌が合わねえんだ」

「でも、私が警察と関係ないことを証明しろと言われても、証明のしようがありません。どうすれば信用してもらえますか」

「そうだな、俺に抱かれるというのはどうだ。そうしたら信用してやってもいい」

新田が臆面もなく言う。

いま、警察は銃の取り締まりを強化している。情報を取るため女の警察官を近づけ、潜入捜査をしようとしている可能性も考えられる。

もしこの女が警察の者であっても、米国の女スパイ映画みたいな特別捜査官なら、男に抱かれることもあるかも知れない。

だが、この女がかりに特別捜査官だとしても、その前に生の女。日本人の女が極道《ごくどう》の俺とわかっていて、平気で抱かれるとは思えない。

そもそも警察に勤めるような女に、遊び慣れた者はいない。堅物で真面目《まじめ》というか、箸《はし》にも棒にもかからない女が多い。割り切って肉体を放り出すなどできるはずはない。

新田は、直美が肉体を投げ出すか出さないかで、警察の者であるかどうかを見極めようとしていた。

「いいわよ、その代わり少し条件があります。聞いてくれますか？」

直美はあえて断らず、新田の話をすんなり受け入れる素振りを見せた。

「条件？」

「ええ、一つは銃の撃ち方を教えてほしいんです」

「あんた銃を撃ったことはないのか」

「ええ、一度も……」

直美は嘘《うそ》をついていた。

直美は元女子警察官だった。五年前二十七歳の時結婚を機に、七年勤め上げた警察を退職していた。だから、在職中拳銃の訓練はしていたのだ。

「わかった、その条件は飲んだ。ただ一つ問題がある。射撃をする場所だが——」

新田があらためて、直美の体に粘っこい視線をまとわりつかせながら、困ったような顔をした。

拳銃はすぐにでも調達はできる。だが、射撃の練習場はない。そこらでむやみに撃てばすぐ警察に通報される。しかし何とかしなければこの女を抱くことができない――。

新田は条件を飲むと言ったものの、射撃をする場所をどう確保すればいいか、すぐには思いつかなかった。

「人目につかない場所ならどこでも構いません。それから、拳銃に取り付ければ音が出ない装置がある。そう聞いたことがあります」

直美が話を誘導した。

「サイレンサーのことか。なるほど、サイレンサーを装着すれば、音がしない。そういう手もあるな」

「そのサイレンサーという装置も、拳銃と一緒につけていただけるんですね？」

「わかった。ただし、銃はサイレンサー付きで、一挺百万もらう。それでいいなら――」

新田が吹っかけてきた。

「ええ、構いません。それで、銃弾は何発つけてくれるのですか？　銃だけ買っても弾丸がないでは話になりませんからね」

直美が目元に薄い笑みを浮かべた。

裏取引とはいえ、拳銃一挺百万円とは高すぎる。相場としては三十万から五十万円程度のはず。と思ったが、直美の目的は拳銃ではなかった。

目的は新田本人。そのこともあって、直美はすんなりと言い値通りに承諾したのだ。

「いいだろう、これで話は決まりだ。適当な場所を捜しておく」

「それからもう一つ、現物とお金を受け渡す場所と、銃を試射する場所はできるだけ人目につかないところでお願いします」

「わかった」

「それで、拳銃はいつ用意していただけますか?」

「そうだな、二日後の昼すぎなら確実に渡せる。しかし、あんたを信用しないわけじゃないが、手付けももらわないで取引に応じるわけにはいかん。金を置いていってもらおうか」

新田が金のことを持ち出した。

「わかりました。いまここに二十万円しか持ち合わせがありません。残りは明後日、現物を確認したときにお渡しします。それでよろしいでしょうか」

直美がバッグを開けながら言う。

「本来は取引金額の半分、五十万もらうんだが、まあいいだろう」

新田が視線をバッグに向けた。

「申し訳ありません」

直美が体でバッグを隠すようにして、中から二十万の現金を取り出し、新田の前に差し出した。

その金を受け取った新田は、ニタッと口元を歪めた。そして金を数えもしないで、スーツの内ポケットの中へねじ込んだ。

「たしかに。で、連絡方法だが、あんたの携帯の番号を教えてくれ。俺のほうから連絡をする」

「済みません、私、携帯は持たないようにしているんです。場所を指定していただければ、私のほうから出向きます」

直美がやんわりと断った。

もちろん携帯電話は持っている。が、番号を教え登録されては、あとあと面倒になる、と考えてのことだった。

「今時携帯電話を持っていないとは、珍しいな——」

「取引も体の関係も一度きり。それで私もあなたを忘れる。ですからあなたも私のことを忘れてください。一切会ったことも話したこともない。拳銃の取引もなかった。お互いにその方がいいんじゃありません？」

「そうだな。わかったそれじゃこうしてくれ。二日後の午後六時に晴海《はるみ》埠頭《ふとう》の朝潮橋の袂《たもと》まで来てくれ」

新田もまだ警戒を解いたわけではなかった。

もし、警察と繋《つな》がっていれば、必ずどこかで刑事が見張っているはずだ。会う前に様子を見てから取引にかかっても遅くはない。と、考えていた。

「わかりました。晴海埠頭の朝潮橋ですね。それじゃ明後日の午後六時に」

直美が確認して新田と別れた。

2

二日後、直美は約束した時間に、同じ服装をして約束の場所へ行った。

晴海埠頭は、東京駅の南東三キロ弱の距離にある。隅田川に架かっている佃《つくだ》大橋を渡り、七、八百メートルのところ。月島《つきしま》から晴海に通じる、運河に架かった約百メートルほどの長い橋、それが朝潮橋だった。

昼間は結構車の行き来がある。が、日が暮れるとその車も閑散になる。意外に人通りは少なかった。

まだ来ていないようだが……。

海が近いこともあってか、運河を抜けてくる冷たい風の中、黒い手袋をした直美は、肩を竦《すく》め、寒さを感じながら橋の袂に立って周囲を見回した。

そこは意外に見通しがいい場所だった。路上に何台か乗用車が停《と》まっている。が、新田の姿は直美の視野に入らなかった。

まさか渡した二十万円だけを取って、ここに来ないのでは……。

いや、そんなことはない。私の聞き込んだところによると、新田はたしかに拳銃を売り捌《さば》いている。

このまま二十万円をネコババして、残りの八十万円をみすみす捨てるようなことはしないはずだ。

それに、私を抱くといった新田の目は本物だった。飢えた野獣が餌《えさ》を漁《あさ》る目。男が女の肉体に強い興味を抱いたときの目に間違いなかった。

新田は金と女には貪欲《どんよく》だと聞いた。しかも金になることなら殺人でも何でもする男。こんな条件のいい話を反故《ほご》にするだろうか。そうは思えない。

私の勘に間違いがなければ、新田は必ずここへ来る。いや、もしかしたらもうこの近くに来ているのかも知れない。

新田は私が警察の者ではないかと警戒していた。しかも拳銃の取引は当然違法行為。警察の囮捜査だと考えてもおかしくはない。

いくらお金が入るからといっても、警察に捕まりたくはないだろう。強い警戒心を抱いたとしても不思議ではない。

だとすると、新田は先に来ていて、どこからか私とその周囲を窺っている可能性は否定できない。いや、暴力団の組員だからこそ、それくらいの警戒はするだろう。

直美はそんなことを考えながら、新田が現れるのを待っていた。

そんな直美の姿を、新田は橋を渡った反対側に停めている車、白いベンツの中から、双眼鏡を使いじっと様子を窺っていた。

あの女は独りのようだ。刑事が張り込んでいる様子もない。覆面パトカーらしい車もない。やはり俺の思い過ごしだったのか——。

新田は腕時計で時間を確認した。

約束の時間までまだ十五分ある。あの女もこの現場に早く来たということは、おそらく俺の様子を探るためだろう。もう少し、ぎりぎりまでこっちも様子を見てみるか——。

新田はまだ動こうとしなかった。念には念を入れて注意をするに越したことはない、と思っていたのだ。

しかし瓢簞《ひょうたん》から駒《こま》とはこのことだ。会ったこともねえ女が、突然俺に儲《もう》け話を持ってきた。そればかりか、からかうつもりで体を抱かせろといったら、拳銃を売ってくれるならいいと即座に応えた。

だが、あんないい女がなぜだ。拳銃が欲しいのなら他にも密売をしている奴はいる。別に俺でなくてもよかったはずだ。それなのにまったく面識のない俺を捜して拳銃を手に入れようとしている。

当然その段階で、俺が極道だということは聞いているはず。普通の女なら怖がって近付かないはずだが、あの女は平気だった。

一体なぜあの女はそうまでして拳銃を欲しがるんだ。何を考えているんだ。まさか独りで強盗をするわけでもないだろうし、誰かを殺すとも思えないが――。

自分の身を守るためといっていたが、何かヤバイことにでも首を突っ込んでいるのだろうか。もっともあの女に何があろうと俺には関係ないこと。

それにしてもいい女だ。もしあの女が警察の回し者でなければ、たっぷり可愛がってやる。たぶん堪《こた》えられねえだろうな――。

まあ今からあれこれ考えても仕方のないこと。なるようになる。

新田の頭には、一糸まとわぬ直美の姿が瞼《まぶた》の奥にちらついていた。裸を想像して思わず口元を緩めていた。

そろそろ時間だが、刑事の車がうろついている様子はない。大丈夫のようだ――。

新田は再度腕時計を確認し、周囲に厳しい眼差《まなざ》しを配りながら、ゆっくりと車を発進させた。

ん？　あの車かしら――直美は近付いてくる白塗りの乗用車に目を凝らした。

そんな直美の傍でベンツが停まる。すーっと窓硝子《ガラス》が下がり、新田が周囲を窺いながら話しかけてきた。

「金は持ってきたか」

「ええ、銃の用意は？」

直美が逆に聞き返した。

「持ってきた。乗ってくれ」

新田が頷《うなず》いて助手席のドアに手を伸ばした。

「………」

直美も小さく頷き、新田の言葉に従った。

やはり緊張した。が、その緊張を悟られないように平気を装い、助手席のほうに回り込み乗り込んだ。

「現物を見るか」

新田が周囲を気にしながら言う。

「ええ、見せてください」

直美もとりあえず実物を見なければ、話にならないと思った。

実際にその拳銃が使えるかどうか、問題はそこだった。試射をして銃が使えれば、その時点でこの男を殺す。

自分の用意した銃で命を落とす。それもこの男の身から出た錆《さび》。人を陥《おとしい》れ残酷な方法で人の命を奪い、のうのうと生きている者が報復を受ける。当然自らの命で罪を償わなければならない――。

　直美は腹の中で冷たく考えていた。

「わかった。ここは車が通る。少し運河沿いに移動するから待ってくれ」

　新田が言って車を発進させた。そして、運河沿いの道を走り、人目のないところを選んで再び車を停めた。

　外は寒い。海風が唸《うな》りを上げて建物の間を吹き抜けている。だからか、ほとんど人通りはなかった。

「これが本物だ」

　新田が足下から、無造作に新聞紙に包んだ物を取り出した。

　何重にも包んだ新聞紙を破るようにして開ける。中から冷たい黒光りのする拳銃が出てきた。

「そうですか、これが本物ですか……」

　直美が、じっと拳銃に目を凝《こ》らして受け取った。

　どっしりした重さが手に伝わってくる。が、特に拳銃を手にしたからといって、別に気持ちを乱すことはなかった。ただ、緊張する振りをしていた。

「そうだ、これはレボルバーといって、回転式の拳銃だ。弾丸は六発込められ、引き金を引けば続けて次の弾丸が入る」

新田は話しながら直美の体に視線を注いでいた。

もうすぐこの女は俺のものになる――そう考えるだけで、新田は胸の高まりが抑えられなかった。こころなし、直美の胸も高鳴っているようにさえ感じていた。

「続けて撃てるのですか」

冷静に聞き返していた直美も、息遣いが荒くなっている新田の様子に気付いていた。

「ああ、連続して撃つことができる。三十八口径でかなりの威力がある。それから、その小さな箱に入っているのが実弾。これがサイレンサーだ」

新田が銃の説明をしながら、サイレンサーを手にした。

「こんな小さな物を拳銃の先に取り付けるだけで、撃ったときの音を消せるんですか。で、これをどうして取り付けるんですか?」

この男、かなり銃については詳しい。扱いも慣れている。これまでも、こうして密売をしていたのは間違いない。

直美はもちろん拳銃の扱い方は知っている。だが、あくまでも知らぬ振りを通して、驚いて見せた。

「銃を貸してみろ」

新田が言って直美から銃を受け取る。その手が手袋をはめている直美の手に触れた。

新田は感情が高ぶっているのだろう、ドキッとしたように、一瞬、手を停めて戸惑いを見せた。が、すぐ受け取った拳銃に、手慣れた様子でサイレンサーを取り付けた。

「それだけでいいんですか？」

この男、自分が殺されるとも知らないで、私の体を抱くことばかりを考えている。馬鹿な男——。

直美は冷静に応じながら、腹の中で冷笑を浴びせかけていた。

「あとは弾丸を込めて引き金を引くだけだ。いいか、銃を撃つときは銃把《じゅうは》をしっかり握るんだ。発砲したとき反動があるから怪我《けが》をする」

新田は親切に言いながら、弾丸を詰め込んだ。

「撃ってみていいですか？」

「ああ、窓を開けて、運河の水に向かって撃ってみろ。素人のおまえにも、すぐに威力がわかる。いいか、右手の小指と薬指、中指でこうして銃把を握りしめ、人差し指を引き金にかけて、ゆっくり引くんだ」

新田が六つある弾倉に弾丸を込め、ドキドキしながら、直美の手を取って銃を握らせた。

手袋の上からでも、柔らかい手の感触が伝わってくる。女の甘い匂いが鼻先をくすぐる。

それが新田にはたまらなかった。

「こうですね」

直美はやりたいようにやらせていた。話しながら体を寄せてくる新田が、何を考えているか手に取るようにわかっていた。

「そうだ、手が震えるかも知れないから、左手で右手の手首を押さえるといい。さ、思い切って撃ってみろ」

新田が知ったかぶりをして言う。

「でも新田さん、手を放してもらわなければ撃てません」

直美がきらきらした眼差しを向け、口元に薄い笑みを見せた。

「そうだな――」

新田が戸惑いながら手を放した。

「無事に発射できたら、お約束通りお金を払いますから」

直美が言って、後ろから見ている新田を無視し、銃口を水面に向けた。撃鉄を起こして引き金に指をかける。水面の一点を見て、新田の顔を想像しながら照準を合わせた。

ゆっくりと引き金に掛けた指が動く。

プシュッ――。瞬間、銃口の先端から、オレンジ色の炎が短く噴き出した。

「どうだ、感触は。いいだろう。これなら重くもないし女でも簡単に使える」

新田が得意になって言う。

「いいですね。では約束のものを」

直美が頷いて、膝《ひざ》の上に剝《む》き出しのまま拳銃を置いた。

そして横に置いていたバッグを引き寄せ、中から分厚い封筒を取り出した。その中には現金が入っていた。

3

「八十万円だな、もらっておく」

新田が無造作に封筒を受け取り、現金を取り出し、パラパラッとめくるようにして確かめた。

懐にその金を収めた新田が、いきなり直美の上から覆い被《かぶ》さってきた。右手で素早くリクライニングシートを倒した。

「待って……そんなに慌てなくても逃げやしないわよ」

直美が、強引に唇を寄せてくる新田の顔を手で遮《さえぎ》り、顔を横に向けた。

「いいじゃねえか。約束だろ。青天の下、車の中でやるというのも、雰囲気が変わっていいもんだぜ」

新田は込み上げてくる欲情を抑えきれなかった。半分ズボンを下げて直美の手元に実弾入りの拳銃があるのも気にせず、感情を剝き出しにした。

セーターの上から豊かな乳房を鷲《わし》づかみにした。

柔らかく弾力のある乳房の感触が伝わってくる。男にはない女独特の肌の柔らかさが、新田の欲情を一気に高めた。

ムードも何もあったものではない。ただ目の前にある女の肉体を、むさぼるただの野獣。そんな態度だった。

「こんなところでは嫌。誰が見ているかわからないじゃない」

直美が体をよじらせ背中を向けた。

「見てえ奴には見させてやれ。それもいい。逆に見られていると思うと、興奮するじゃねえか」

新田が後ろから抱きつき、いきなりセーターの上から左手で直美の右乳房を、半ば強引に鷲づかみにした。

「痛い!」

両腕を窄《すぼ》め、乳房を庇《かば》うようにした直美は、虫酸《むしず》が走るような嫌悪感を覚えていた。全身が鳥肌立つような感じだった。

「俺はここでやりてえんだよ」

新田はやめなかった。

「抱きたいのなら、もっと優しくしてよ」

直美は嫌悪感を抱くのとは裏腹に、あえて抵抗をやめ、冷静に振る舞っていた。

もうすぐ私の手でこの男は抹殺する。それまでの辛抱よ――直美は自身に言い聞かせながら感情を抑え、我慢した。

「いい肉体をしている。たっぷり可愛がってやるぜ」

新田が言いながら直美の体を仰向けにした。口元は自然に綻《ほころ》んでいた。

仰向けになったまま力を抜いた直美を見て、右手でセーターと下着を思い切りたくし上げた。

滑らかな腹部の白い肌が露《あら》わになる。新田は荒々しくセーターを上にずらせた。

豊かな乳房が剝き出しになる。荒い息遣いをしながら乳房を愛撫《あいぶ》しようと、顔を近づけ、口を持って行こうとした。瞬間、新田の動きが止まった。

「こ、これは……」

新田が思わず目を見張り、息を飲んだ。

張りのある豊満な両乳房には、沖縄のお守りでもあり、魔除《よ》けでもある一対のシーサーが、互いに内向きで見つめ合うように、鮮やかに彫り込んでいる。それが新田の目に飛び込んできたのだ。

この女、てっきり素人だと思っていたが――。

おとなしい感じのする直美の両乳房に、これほど鮮やかで見事な彫り物があるとは、想像もしていなかっただけに、新田は驚きを隠せなかった。

「どうしたのよ。刺青《いれずみ》くらいで驚くことはないでしょう」

直美が冷ややかに言う。

と、背中に彫られている鬼気迫る般若《はんにゃ》の彫り物が、怒りに震え、ズキズキ疼《うず》くのを感じていた。

「何者なんだ、おまえは——」

「聞かないほうがいいんじゃないの？　行きずりの女。それでいいでしょう」

直美が艶《なま》めかしい眼差しを向け、口元に冷たい微笑を浮かべた。その瞬間、

「うっ、な、何をする……」

新田の顔が強張った。

直美が仰向けになったまま、下から、顎《あご》の下にサイレンサーの銃口を押しつけた。

「さっさと運転席へ戻るのよ。この銃にはあと五発銃弾が残っている。少しでも逆らったらこの場で殺すわよ」

「てめえ、てめえは誰だ！」

体を起こした新田が、真っ青になった顔を引き攣《つ》らせ運転席へ戻った。

突然豹変《ひょうへん》した直美の正体に気付いていなかった新田は、まだ状況が飲み込めないでいた。

「私は修羅《しゅら》、復讐《ふくしゅう》のため、修羅界に身を投じた女」

直美が運転席の後ろに回り、後頭部に銃口を突きつけた。

「修羅だと？　ふざけたことを——」

新田は反発をしながら、復讐と言った直美の言葉が気になった。

「ふざけたことだって？　いいでしょう、ふざけたことかどうか、はっきりさせてやろうじゃないの」

直美が、がらっと態度を変えた。

「俺がなぜおまえに復讐されなければならねえんだ。こんなことをしたらただじゃ済まん。あとで後悔するぞ！」

「私が後悔する？　新田、おまえは一年前、仲間と一緒に刑事と子供を殺した。そればかりか、証拠を隠すために放火して、二人の遺体まで焼いた。知らないとは言わせないわよ」

直美がいつでも引き金を引けるようにして言う。

「何だと、それじゃおまえはあの刑事の……」

新田の表情がみるみる変わった。

真っ青になっている顔の中で、激しく目尻《めじり》の筋肉を痙攣《けいれん》させた。

「やっと思い出したようだね。そう、おまえが殺した刑事と子供は、私の家族なんだ。おまえたちは夫を殺したばかりか、何もわからない小さな子供の命まで奪った。死という恐怖がどれほどのものか、たっぷり思い知らせてやる」

直美が抉《えぐ》るような、冷たい視線を浴びせかけた。

直美の体には乳房に彫られたシーサー以外に、背中には恨みと執念の化身である般若の刺青が、両脚太股《ふともも》には二六二文字の経文『般若心経《はんにゃしんぎょう》』がびっしり彫り込まれている。

そして右上腕部には、怒りに大きく目を見開いた三面の顔と三つの目を持ち、眉間《みけん》を寄せて、大きく口を開いて激しい怒りの表情を見せている動の阿修羅《あしゅら》像。

そして左上腕部には、眉《まゆ》をひそめ憂いの眼差しを遠くに向け、怒りを内面に秘めた正面の顔。世の中の不正や悪を憎みながら、じっと耐えている忍の表情を表している右横の顔。目をやや吊り上げ、下唇を嚙《か》みしめ、優しさの中にも厳しい怒りの表情をしている左側面の顔。

この三つの顔と六本の腕を持つ静の阿修羅の顔が彫り込まれていた。

「や、やめろ……」

新田がさらに顔を強張《こわば》らせた。

「家族を殺された者の憎しみがどんなものか、思い知るがいい」

直美の感情が、わなわなと唇を震わせた。

大声こそ出さなかったが、激しい憎悪と怒りに気持ちを尖《とが》らせていた。

「俺は、俺は何も知らん。テレビのニュースで見ただけだ……」

否定した新田の声は震えていた。

はっきり甦《よみがえ》ってきた記憶に、ゴクリと生唾《なまつば》を飲み込んだ。

「知らないとは言わせないわよ」

「な、何のことか、俺にはわからん」

新田が顔を引きつらせながら惚《とぼ》けた。

「往生際の悪い男だわね。白《しら》を切るならそれでいい。頭を吹っ飛ばす。それでおまえは終わる。楽になれるわよ」

直美が口元に蔑《さげす》んだ不敵な冷笑を浮かべた。

「俺、俺を殺すつもりか！」

新田は恐怖を感じながらも、一方でこの女に俺が殺せるかと、まだ高をくっていた。

「人を殺すのは平気でも、自分が殺されるのは怖いようだね」

「………」

「人の命を弄《もてあそ》んだものは、自らの命で償う。そうでしょうが」

直美が激しい感情を叩《たた》きつけた。

いまさらこの男を詰《なじ》っても仕方がない。そう思いながらも、溜《た》まりに溜まった怒りを抑えきれなかった。

「俺は知らん、何も知らん……」

新田は口では知らないと否定しながら、内心大きな恐怖に襲われていた。

自分たちが殺して、遺体に火を点けた生々しい事件現場の様子を、はっきり思い出していた。

「家族を殺されて一年、私がどんな気持ちで生きてきたか。私はね、この手で犯人を殺すことだけを考えてきたんだ。おまえに家族を殺された者の気持ちがわかるか！」

直美が激しく声を震わせた。

涙こそ流さなかったが、目にはもう泣き涸《か》らしたはずの涙が、再び溢《あふ》れてきた。

瞼の奥に優しく微笑《ほほえ》む夫雅哉《まさや》の顔と、目の中に入れても痛くないほど可愛い息子の雅直《まさなお》が、嬉《うれ》しそうな顔をして甘えている姿が、脳裏をよぎっていた。

と同時に、煙と炎の中で夫にしがみつき、恐怖におののきながら、泣き叫んでいる子供の顔がはっきり浮かんでいた。

「見たことも、会ったこともねえてめえの身内を、俺がなぜ殺さなきゃならねえんだ。俺は知らん、何も知らんと言っているだろが！」

新田が蒼白になった顔をさらに引きつらせ、あくまでも突っぱねた。

「わずか四歳の子供が殺されてゆく。そのときの様子を想像したことがあるの。どれほど恐怖にさらされたか。怯《おび》え、泣き叫び、どんな気持ちで助けを求めたか——」

「知らんと言っているだろうが！」

「おまえが少しでも人としての心を持っていれば、こんな惨いことはできなかったはずだ。おまえも共犯者も、当然その報いを受けなければならない」

「何を言っているんだ！　俺が共犯者など知るわけがねえだろ」

「人の心を持たないおまえたちに、人として生きる価値はない。言いたくなければ言わなくていい。死んでもらう」

激しい感情が直美の手を震わせた。

すぐにでも、目の前にいる新田を殺し、八つ裂きにしてやりたかった。

だが、共犯者と、背後関係をはっきりさせ、なぜ夫や子供が殺されたか、真実を突き止めるための手がかりを摑むまでは、辛抱しなければと思い我慢していたのだ。

「や、やめろ……」

新田が引き金に掛けている直美の指に、目を釘付《くぎづ》けにしてさらに顔を引きつらせた。

「やめろだって？」

直美が顔色を失っている新田を、厳しく見据えた。

「………」

新田が激しく黒目を泳がした。

「そんなに死にたいの！　上等じゃない」

直美が言うなり立ち上がり、銃口を肩口に向けて引き金を引いた。

プシュッ——小さな音がする。発射された弾丸が左肩から、下に向けて撃ちぬいた。弾かれた肩がガクッと落ちる。その瞬間鮮血が飛び散った。

「うわー！　やめろ——！」

「女だと思ってナメるんじゃない！　素直に事実を認め、私の聞くことに答えなければ、今度は遠慮なく頭をぶち抜くわよ」

「わ、わかった。言う、言うから撃たないでくれ……」

新田がだらしなく懇願した。

はじめ直美を抱こうとしたときの勢いは、もうどこにもなかった。

「大城と子供を殺したことを、認めるんだね」

「あ、ああ……俺は、俺はただ命令されただけだ……」

「命令されただって？　誰に。命令した者の名前は！」

「うう、うう……」

新田が震えながら小さく頭を縦に振った。

「命令した者を早く言いなさい！」

直美がきつく言う。

「名前を言えば、本当に助けてくれるんだな」

新田が震えながら再度念を押した。

「男のくせにしつっこいわね、約束してあげるからさっさと言いなさい。殺されたいの！」

「わかった、笠松《かさまつ》の兄貴から言われたんだ」

「笠松の兄貴？ どこの笠松なの、フルネームは！」

「笠松昭夫《あきお》、篠崎組の幹部だ」

「極仁会系の篠崎組に間違いないんだわね！」

直美は、背景に暴力団が絡んでいることを、あらためて確認した。

夫はなぜ暴力団篠崎組の人間から狙われたのだろうか。何か調べていたのだろうか。それで恨みを買っていたのだろうか。

事件の背後に何かある。きっと何かが——。

直美はそう考えながら、さらにいちばん聞きたいことを詰問した。

「夫と子供を殺した理由は！」

「理由は知らん、何も聞かされていない。笠松の兄貴は、組長から殺してこいと命令された。そう言っていた」

「篠崎組長が命令したら、あんたたち組の人間は、理由も聞かないの。人を殺せと言われれば黙って人を殺すの」

「仕方がねえ。組長の命令は絶対だ。逆らうことなどできねえ。それが組織の掟《おきて》だ。だが、俺は現場について行っただけだ。直接殺したのも火を点けたのも笠松の兄貴だ」

新田が必死で言い訳をした。

「笠松は今どこにいる」

「神、神戸にいるはずだ」

「神戸のどこに！」

「有馬《ありま》だ。有馬温泉にいると聞いたが、事件のあと一度も連絡は取っていない……」

「連絡先は！」

直美が強く聞き返した。

「俺は知らん。聞いてない。ただ有馬温泉のどこかで金貸しをしているという噂《うわさ》は……」

新田が顔を引きつらせながら言った。

4

許さない。夫と子供を殺した者は、たとえ地獄の果てまでも追いかけて、必ず私の手で殺してやる――。

極仁会系篠崎組の組長篠崎は、家族の殺害を指示した張本人。だとしたら篠崎は殺人の共同正犯。実行犯の笠松はもちろんだが、絶対に許すわけにはいかない——。

直美の胸の中で、激しい怒りが渦巻いていた。気持ちは変わらなかった。

が、同時に、殺害を指示した篠崎なら、夫を殺した本当の理由を知っているはずだと思った。

直美は、なぜ夫が殺されなければならなかったのか。なぜ子供まで殺したのか。自分自身が納得するために、どうしても犯行の動機を知りたかった。

「笠松という男は、有馬で誰のところで世話になっているの」

「俺は有馬にいると聞いただけだ。誰の世話になっているかは聞いてねえ」

「さっき私は、逆らうなと言ったはず。笠松と一緒につるんで事件を起こしたおまえが、連絡先を知らないはずはないでしょうが！」

直美が言うなり再び引き金を引いた。

「うわー！」

新田が叫び、顔を歪めて左足の太股を押さえた。

「隠すならどこまでも隠すがいい。苦しみのたうち回るまでいたぶって殺してやる」

直美が冷たく言い放って、さらにナイフを腕に突き立てた。

「うわー！　やめてくれー！」

「だったら笠松の居所を言いなさい」

「奴は、奴は有馬にいる篠原組長の弟分が預かっている」

「名前は！」

「三木谷《みきたに》亨治《りようじ》。消費者金融をやっている男だ」

「住所と電話番号は」

「俺の携帯に入っている」

「嘘じゃないわね！」

直美が強く念を押した。

「嘘じゃない、助けてくれ……」

新田が必死で懇願した。

「生かすか殺すかは確認してからよ。携帯はどこにある」

「スーツのポケットだ……」

新田が真っ青になって言う。すでに抵抗するだけの気持ちは失《う》せていた。

「出して渡しなさい。ついでにさっき渡したお金も出すのよ」

直美がきつい口調で言う。

「出す、出すから撃つな……」

血だらけになった新田が、声を震わせ、手を震わせながら、動く右手でスーツの内ポケットから、携帯電話と受け取ったばかりの現金を差し出した。

直美は引き金に指をかけ、銃口を新田の後頭部に突きつけたまま、携帯電話と現金を受け取った。

左手に掴んだ携帯電話を操作した。たしかに笠松昭夫の名前と、電話番号が画面に表示された。

「この携帯、預かるわよ」

直美が言って、自分のポケットに収《しま》った。あとでゆっくり内容を調べてみるつもりだった。

「くそう……」

新田が怯《おび》えながらも、悔しそうな顔を見せた。

「そのままじっとしていなさい。少しでも動いたら頭が吹っ飛ぶわよ」

直美が言いながら後部のドアを開けた。

眼が鋭さを帯びた。同時に胸に溜めていた恨みと憎悪の炎が一気に噴き出した。

引き金に掛けた指が動く。瞬間、新田の頭が大きく前に弾かれた。

「うっ！」

新田が短い呻《うめ》き声を漏《も》らした。

ピュー。

前頭部から鮮血が飛び散る。体が激しく痙攣する。が、すぐにその動きは停まり、新田の体が前に突っ伏した。

「フー……」

直美が肩で大きな吐息をついた。

あなた、笠松もあとの者も必ず見つけ出して敵《かたき》は取りますよ――。

直美は心の中で、亡き夫と愛してやまなかった息子に報告し、誓った。

血だらけになり、白目を剝いたまま運転席で絶命している新田に、直美は冷ややかな視線を浴びせかけた。

「自業自得。罪もない人を殺した者はこうなる。おまえらは生きる価値のない人間なんだ！」

直美は新田の死体に向かって、激しい憎しみを叩きつけた。

直美の表情には、人を殺したという怯えや恐怖の影は見られなかった。むしろホッとしたというか、一つの目的を達成したからか、達成感に満ち溢れていた。

世の中には、私が苦しんできたと同じように、いまでも死ぬほど苦しんでいる人が、まだまだ大勢いる。

突然、家族や大切な人を殺され、何もできずに毎日泣き明かしている。一瞬にして人生を狂わされ、絶望の淵《ふち》に追い込まれた人たちが、どれほど悔しい思いをしているか。

死んだ者は二度と返ってこない。家族と一緒に笑うことも、泣き叫ぶこともできない。

残された家族は、辛く悲しい思いを抱き、生きていかなければならない。目には目を。歯には歯を。自らの欲を満たすために平気で相手を殺し、のうのうと暮らしている者を、私は絶対に許すわけにはいかない。

もちろん、どんな事情があったとしても、こうして私がしていることは、決して許されることでも、正当化できることでもない。いや、むしろ世間の常識からいえば間違っている。

罪を犯した者の捜査や逮捕は警察に、罰は法に任せるべきだろう。守らなければならない社会のルールであることはわかっている。でも、必ずしも法律が被害者の味方だとは限らない。

法を作ったのが人間なら、その法を運用するのも、破るのも人間。裁判官が私たち被害者家族の気持ちをしっかり捉《とら》え、代弁してくれるとは限らない。

裁判では、ときとして遺族の感情を、逆撫《さかな》でするような判決を下すことがある。

いまの法律は矛盾だらけ。死刑と無期懲役には、あまりにも開きがありすぎる。人を殺しても死刑になるとは限らない。

死刑と無期懲役の中間に、終身刑があり、理由もなく人の命を奪った者は、生涯刑務所暮らしをしなければならないのであれば、納得もできる。

だが、実際は無期懲役の刑が決まっても、わずか十五年か二十年程度で、また社会に復帰してくる。

たとえ刑期を終えたからといって、人を殺したという事実が消えるものではない。残された家族の悲しみも辛さも、絶対に消えることはないのだから……。

家族を殺された者は、みんな犯人を殺したいと思っている。それが本音だが、自分の手で犯人を捜し出し、殺すという行動に出ることができないだけ。

でも私は違う。私は法律に従わないと決めた。私が相手を裁く。夫や息子に代わって確実に死刑の判決を下す。それが修羅の道を歩くと決めた私の生き方。

この修羅の道は私自身が選んだ道。この道から生涯逃れることはできないし、逃れようとも思わない。

これからが正念場。いまさら後戻りする気はない。警察に逮捕され、死刑になるまで私はこの道を歩き続ける。

背中に背負った般若の刺青は、夫と子供に復讐を誓った私の証《あかし》。

家族の命を奪った者たちよ、首を洗って待ってなさい。必ず命をもらいに行くからね――。

目の前で息絶えている新田の遺体を見つめた直美は、あらためて誓った。そして、幸せに、愉《たの》しく過ごしていた家族とのことを思い出していた。

5

ちょうど一年前のある日、仕事から帰ってきた大城雅哉が、風呂に入ったあと真顔で話しかけた。

「直美、相談がある」

「何、改まって」

直美が食事の用意をしながら、優しい眼差しを向けた。

「雅直のことで、いろいろ考えたんだ」

「雅直のことを？」

「今日、上司の北本《きたもと》警部と話したんだが、俺は刑事を辞めようと思う」

「えっ？　刑事を辞める？　辞めてどうするの。沖縄に帰るの？」

直美が驚いた顔をした。

「何という顔をしているんだ。誰も警察を辞めるとは言っていない。刑事をやめると言っているんだ」

雅哉が自分で冷蔵庫から缶ビールを取り出し、蓋を開けた。

プシュ――。

小さな音を立てて、ビールの泡が噴き出す。その飲み口に口を充てて、ごくごくと喉《のど》を鳴らした。

「どうして？　あなたはずっと、捜査一課の刑事になることが、夢だったじゃないの。なぜなの？」

直美が怪訝《けげん》そうに聞き返した。突然、刑事を辞めると言われても、意味がわからなかった。

「実は、日高《ひだか》の親父さんと同期の井原《いはら》に今後のことを相談したんだが……」

大城が表情を曇らせた。

「日高のおじさんと井原さんに、何を相談したの？」

直美が聞き返した。

二人が親父さん、おじさんと呼んでいるのは、日高達樹《たつき》五十六歳。いま大城と同じ署の鑑識課で働いている。

大城が新任警察官として赴任してきたとき、同じ交番で世話になっていた先輩の巡査部長で、地方出身の大城と直美にとっては、親代わりのような存在の警察官だった。

そして井原英俊《ひでとし》三十一歳は大城の同期で、いま本部の捜査二課で刑事をしている無二の親友である。

「雅直の喘息《ぜんそく》のことだ。俺たちがこのまま、この東京に住んでいたのでは治る病気も治らない。雅直の病気を治すには、空気の綺麗《きれい》な場所へ移るしかない。親父さんと井原は、この際、雅直のことを第一に考えたらどうだと言ってくれているんだ」

大城と直美の間には、二人の愛の結晶である息子、四歳になる雅直がいた。それは可愛い子供だった。

その雅直が、都会の空気に合わないのか、ひどい喘息で苦しんでいた。それで大城は自分の身の振り方を考えていたのだ。

「それはそうだけど……」

「ただ、俺が駐在所勤務をすれば、おまえにも余分な苦労をかけることになる。それでずっと考えていたんだ。どうかな、率直なおまえの気持ちは――」

「あなたがそれで納得しているのなら、私は構わないわよ。私はあなたについていくだけだし、私たちは、雅直のことをいちばんに考えるべきだと思うの」

直美は、夫の気持ちが嬉しかった。

夫は自分のことより、子供のことや私のことを考え、独りで悩んでいたのか。そう思うだけで胸の内側に、じんとくる熱いものを感じていた。

「ありがとう、直美」

大城がホッとしたような表情を見せた。

何か胸につかえたものが、すーっと消えたような気がした。

「空気の澄んだ場所に行くことができれば、雅直の病気も治るし、あなたも好きな警察官を辞めなくて済むじゃないの。ものは考えようじゃないかしら。私は賛成よ」

たしかに駐在所は山奥にあったり、離島にあったりと辺鄙《へんぴ》な場所にある。都会に比べれば多少不便に感じるところもあるだろう。

だがそこには、新鮮な空気と海や山、川といった美しい自然の恵みがある。そんな恩恵を受けながら、家族三人で暮らすことができると、直美は考えていた。

「駐在所に家族で移れば、警察官ではないおまえも、余分な仕事を抱え込むことになる。それでも構わないか？」

雅哉がさらに気持ちを確認した。

「あなたと同じように、市民の相談を受けたり、被害届を受けたり、現職の警察官と同じように、警察のお仕事ができる。愉しいじゃない」

本音でそう思っていた直美は、警察官が嫌でやめたわけではない。それに仕事の内容を知っている。それだけに、駐在所に移ること自体に抵抗はなかった。

「ありがとう。それじゃ話を進めていいんだな」

雅哉は、自分の考えに嫌な顔もせず賛成してくれた直美の気持ちが、嬉しかった。

「ええ、で、赴任先は決めているの？　どの辺りに行くか考えているの？」

「希望としては、雅直が生まれる前、おまえと行ったことのある大島辺りを考えているんだが、どうかな。あそこなら東京にも近いし空気も綺麗だ。自然林や牧場などもあり、雅直のためにもいいと思うんだ」

「そうね、大島なら風光明媚《めいび》で美しいところだし、お魚やアワビ、サザエ、蟹《かに》などの新鮮な海の幸《さち》も豊富で、アシタバやあなたの好きなくさやの干物だってあるものね」

「うん」

「椿《つばき》祭りや桜祭りもあるし、楽しみじゃない。そうだ、あんこ姿で駐在所にいようか。そうすれば島へ来た観光客に、受けるかも知れない。あんこ娘がいる駐在所だって、評判になるわよ」

直美が愉しそうに、からっとした笑顔を見せた。

もちろん内心不安もあった。どこの島でも島民は保守的。どこかよそ者を受け入れないところがある。

直美は、島の人たちに受け入れられるか、そこが気になっていた。

だが、もともと二人は沖縄の出身。島で暮らすこと自体特に違和感はなかった。

ましてや、可愛い雅直のため。自分から溶けこむ努力をすれば何とかなる。きっと島の人たちは受け入れてくれる。

直美はそう思い直し気持ちを固めていた。

「直美、遊びに行くんじゃないんだぞ。仕事と雅直のために行くんだ。そんなに浮かれることじゃないだろ」

　雅哉が苦笑いした。

「わかっているわよ。でも、どうせ行くなら愉しまなきゃ。それとも、あなたまだ迷っているの?」

「そうじゃないが……」

「だったら気持ちを切り替えましょうよ。お巡りさんが暗い顔をしていたら、島の人から信頼されないわよ」

　直美は明るく振る舞った。

　捜査一課の刑事として働くのも、駐在所のお巡りさんとして島民に接しながら働くのも、ただ所属する部署が異なるだけで、同じ警察官であることにかわりはない。

　だが夫の雅哉は刑事になりたくて努力してきた。そして念願かない刑事になってまだ二年。その刑事という肩書きを捨てようとしている。

　息子のために、刑事課から地域課に配置転換を申し出た。それがどんなに辛いことか、直美には、雅哉の気持ちがわかりすぎるほどわかっていた。

　だから直美は、自分が明るく振る舞わなければ、と思っていたのだ。

「上司の北本警部や里村《さとむら》警部補からは、子供のためなら仕方がない。四月の異動で地域課に配置換えをしてもいいと、内々承諾をもらっているんだ」

「あなたらしいわね。私に話す前にもう決めているんだから」

直美が笑顔を見せながら睨《にら》みつけた。

「すまん……」

雅哉がさも済まなそうに頭を掻《か》いた。

「いいのよ、気にしなくて」

「そうと決まれば、何もかも綺麗に刑事課の仕事は片付けておく必要があるな……」

「そうだね。抱えている事件も引き継いでおかなければ。お世話になった皆さんに迷惑はかけられないからね」

「うん、そうする。ああ、おまえに話して気持ちが落ち着いた。直美、ちょっと雅直の寝顔を見てくる。ご飯の用意をしてくれ、急に腹が減ってきた」

雅哉が言って、雅直の寝室へ行った。

6

直美と家族の身に、地獄のような悪夢が降りかかったのは、雅哉たち家族が駐在所に移転する二ヶ月ほど前だった。

その日直美は、夕食を終えたあと独りで外出していた。

沖縄から出てきた女友達から離婚するかどうか、切羽詰《せっぱつ》まった身の上相談の電話を受け、横浜へ出向いた。

難しい話だっただけに、子供を連れて行くわけにもいかず、休みだった夫の雅哉に子供を見てもらい、出かけていたのだ。

話が終わったのは午後十時過ぎ。直美はいまから帰ると雅哉に携帯で連絡を入れ、帰路についた。

横浜から東京・中野区にある自宅のマンションまでは、小一時間はかかる。直美は遅くなったと思いながら、電車に揺られていた。

自宅までは駅から歩いて七、八分の距離にある。午後十一頃だったか、直美が中野の駅に着いたとき、けたたましい消防自動車のサイレンが耳に飛び込んできた。

また火事か、このところよく火事があるけど、他人事ではない。最近放火や失火が多い。せめて自分のところから火を出さないように、気をつけなければ——。

直美はそう思いながら改札口を出た。まさか自分の家が焼けているなど夢にも思わなかった。

家に近づくにつれて、ますますサイレンの音が激しくなってくる。家の方向に消防車が走っていた。

火元はどこなんだろう。まさかうちの近くでは……でも、うちは大丈夫。夫がいるから心配はない――。

直美は何となく胸騒ぎを覚えながら、気になって足を速めた。

家が近くなるにつれて喧騒《けんそう》が激しくなる。いっそう消防車のサイレンが大きく聞こえてくる。自宅の方向に人の流れができているように思えた。

直美は心配になった。念のためと思い、歩きながら携帯電話を取り出し、家に電話を入れた。

ツルル、ツルル、ツルル――。

直美の耳に、コールする無機質な音だけが聞こえてくる。

出ない。なぜ、なぜなのよ。あなた早く出て……。

直美は自然に小走りになっていた。

風呂にでも入っているのではないかと思った。が、腕にはめた時計を見ながら、すぐにその考えを否定した。

もう雅直は眠っているはず。お風呂に入るならもっと早い時間に、雅直と一緒に入っている。だとしたら――。

夫は電話が鳴れば、何をおいてもすぐに出る。いつどんな緊急事態が起きて、呼び出されるかわからない。

電話が鳴り、電話に出る。それは刑事の習性みたいなもの。それなのに、これだけコールしているのに出ないというのは、やはりおかしい。

直美は、電話を耳に当てたまま走り出していた。

嫌な予感がする。まさか、まさかうちの家が……直美は、ドキドキする胸の高鳴りを抑えきれなかった。

息を切らせて戻ってきた直美は唖然《あぜん》とした。思わず息を飲んだ。嫌な予感は的中した。

すでに十台以上の消防車が集結し、懸命な消火活動が行われていた。消火している部屋は、間違いなく自宅だった。

二階のベランダ部分から真っ黒な煙が吹き出している。部屋の中は、真っ赤な炎に包まれていた。

ざわめきの中、すでに警察と消防の規制線が張られ、集まった多くの野次馬は現場から遠ざけられていた。

あなた、雅直、どこにいるの……。

真っ青になった直美は、夫が子供を連れて外に出ていないかと思い、必死になって周囲を捜した。

髪を振り乱した直美は人を押しのけ、人垣をかき分け、血眼《ちまなこ》になって二人を捜した。が、夫と子供はどうしても確認できなかった。

まさか逃げ遅れて、家の中に取り残されているのでは――。

最悪な事態が直美の脳裏を掠《かす》める。

引きつった顔を動かし、きょろきょろと周りに集まっている人の顔を見て、二人の姿を追い求めた。

いない、どこに行ったのよ――。

心配と不安から頭が混乱した直美は、何をどうすればいいかわからなかった。さらに人の中を歩き続けた。

三階、四階、五階に向けて、黒煙がもくもくと壁を伝い立ち上っている。ときおり室内に燃えさかる真っ赤な炎が見えた。

「雅直！　あなた――！」

直美は、狂ったように叫んだ。

もしかしたら、二人はまだ部屋の中にいるのでは――と思った途端、いても立ってもいられなかった。

瞬間、踵《きびす》を返した直美は、マンションへ向かって駆け出していた。

「入っちゃ駄目だ！」

消防士が大声を出して止めた。

「放してください！　二階に、二階に子供と夫がいるんです！」

「何だって！　人が中にいるのか」

消防士が顔色を変えた。

だが火の勢いが激しく、消防士も燃えさかる部屋に近づくことさえできなかった。

「雅直！　あなたー！」

叫んだ直美が、制止した消防士の手を振り切った。

無我夢中だった直美は、火が怖いと感じる余裕さえ失っていた。

二人が部屋の中にいる。炎に包まれている。救《たす》けなければという母親として、妻としての本能に突き動かされていた。

「危ない！　誰か彼女を止めろ！」

消防士が大声を上げながらあとを追った。

「雅直――！」

直美は、消火活動を続けている消防士の間を縫って、マンションの入り口に向かって懸命に走った。

「奥さん！」

横から男が飛び出した、その男は雅直が親父さんと慕っていた日高達樹だった。

「イヤー！」

直美が髪を振り乱して、なおも燃えているマンションに向かおうとした。

「駄目だ、死ぬつもりか！」

日高が、直美の体をがしっと抱きとめた。

「放して！」

直美が激しく抵抗した。

制止したのが、世話になっている日高であることさえ、気付いていなかった。

「我慢するんだ」

日高は、泣き叫ぶ直美の体を、がしっと捕まえて放さなかった。

夫と息子の安否を気にする直美の気持ちはわかる。だが、プロの消防士でさえ部屋に近づけない状況の中で、直美が火元に飛び込んでも、どうなるものでもない。命がなくなることがわかっていながら、そんな危険な場所に行かせるわけにはいかなかった。

「雅直、あなたー！　誰か、誰か子供と夫を救けて……」

顔色を失った直美が、燃えている自室を見上げ、叫び続けた。

「奥さん、落ち着くんだ」

日高が両肩に手を掛けて、直美の体を揺すった。

「二人が、二人がいないんです……」

直美が叫んでハッとした。

初めてそこに日高がいることに気付いた。

「しっかりするんだ。奥さんが火の中に飛び込んでどうする。命を粗末にするんじゃない！」

日高が厳しい口調で諭し、叱《しか》りつけた。

「おじさん、救けて、子供とうちの人を救けてください！」

直美は必死だった。

「我慢するんだ。消防士に任せるんだ」

日高も安否が気になったが、直美を止めるしかなかった。

7

焼け跡から、大人と子供の遺体が発見された。それから数日経過して、ＤＮＡ鑑定の結果、雅哉と雅直の遺体であることが確認された。

二人の遺体が直美の手元に戻され、やっとのことで葬儀を済ませた。

だが、直美は精神的な疲れが重なっていたからか、倒れ込んで病院へ搬送され、そのまま入院した。

絶望に打ちひしがれていた直美は、憔悴《しょうすい》しきっていた。最愛の夫と息子が亡くなったという現実を、どうしても受け入れることができなかった。

自分が外出さえしなければ。せめて雅直を連れて行っていれば、二人とも命が助かったかも知れない。

直美はずっと自問自答しながら、自分を責め続けていた。

亡くなった夫と子供のことばかりを考えていた直美は、これから先のことを考える余裕さえ失っていた。

いつも明るかった直美の顔から、完全に笑顔が消えていた。ほとんど誰とも話をしなくなった。

鬱《うつ》状態になっているのか、直美はベッドの上で横たわったまま動こうとしなかった。

そんな直美の元に、副署長で警視の間垣崇晴《まがきたかはる》が、北本警部と里村警部補、そして部長刑事の松浦《まつうら》と一緒に直美を見舞っていた。

「大丈夫ですか？　奥さん」

部長刑事の松浦が、ベッドの上に上半身を起こして応対している直美のことを心配して、話しかけた。

「はい……いろいろご心配をお掛けしました……」

直美が俯いたまま、聞き取れないほどの小声で礼を言い、頭を下げた。

「辛くて今は何も考えられないでしょうが、早く元気になってくださいよ」

警部補の里村が、暗い表情をして沈み込んでいる直美の顔を覗《のぞ》き込んだ。

「奥さん、気をしっかり持って生きていってください。私たちにできることがあれば、応援しますから、遠慮なく相談してくださいね」

警部の北本も気を遣った。

「ありがとうございます……」

「早く元気になってもらわないとね」

「はい……」

「それで奥さん、副署長が奥さんのことを心配して、今後の身の振り方を考えてくれました。まだ気持ちの切り替えができないかも知れませんが、話だけでも聞いて、今後のことを前向きに考えてみませんか」

警部の北本が話を切り出した。

「…………」

前向きにと言われても、まだ冷静になれる状況ではなかった。

最愛の夫と子供を同時に失った。そのショックから立ち直れなかった。そんな状態のもと、自身の身の振り方など考える余裕はなかった。

むしろ気持ちは真逆だった。生きる望みを失っていた直美は、絶望感に苛《さいな》まれて死ぬことばかりを考えていた。

「奥さん、今は何も考えられないでしょう。その気持ちは理解できます。当然だと思いますが、これから先どんなに辛くても、苦しくても、亡くなった二人のためにも、あなた自身が強く生きていかなければ」

副署長の間垣が、直美の将来を気にし、真剣に話した。

「…………」

「署長も奥さんのことを、大変気に掛けていましてね。それで、署長とも話したのですが、あなたは元警察官だった。その点では警察の仕事も理解している」

「…………」

「それで、奥さんの気持ちが落ち着いたとき、交通安全協会とか、警察の臨時職員として働くことができるようにしたい。そうおっしゃってくれています」

間垣が、署長の言葉を伝えた。

「ありがとうございます。でも今は……」

直美は間垣の言葉を聞き流していた。

たしかに夫の上司が心配してくれて、すでに警察を離れている自分のことまで気に掛けていてくれる。その気持ちは有り難かった。

だが、二人の後を追って死ぬことばかりを考えていた直美は、今の時点で間垣の言葉を素直に受け入れることができなかった。

「何も焦る必要はありません。じっくり考えて結論を出してもらえばいい。ただ、これからのこととして、署長の言葉を頭の片隅にでも置いて、検討していただきたいんです」

「奥さん、副署長もこうおっしゃってくれています。気持ちの整理がつきましたら、いつでも相談にきてください。我々にできることは、何でも協力させてもらいますから」

北本が、間垣の言葉を受けて話した。

「今は何も考えられません。そのときがきたら相談させていただきます……」

直美が言葉を濁した。

今後のことなど考えられない。仕事など、どうでもいいと思っていた。

「わかりました。それじゃ奥さん、私と北本警部はこれから会議がありますので、これで失礼しますが、早く体調を戻して、元気になってください」

間垣が言って北本に頷きかけた。

「奥さん、辛いことがあれば、いつでも言ってきてください。捜査一課のみんなも心配していますから。それじゃ私どもはこれで失礼します」

「忙しいのにわざわざ見舞っていただき、ありがとうございました……」

直美が生気のない顔を俯けて、深く頭を下げた。

「里村警部補、松浦部長、あとを頼む。できるだけ奥さんの話を聞いてあげてくれ」

北本が言って、副署長の間垣と一緒に病室を出た。

ベッドの上から二人を見送った直美が、厳しい表情をして、恐る恐る気になっていたことを里村に聞いた。

「あのう係長さん、出火原因はわかったのでしょうか」

「鑑識と消防の検証で、火元はお宅に間違いないようですが、出火原因はまだはっきりしていません。ただ、これまでにわかっていることは、何かガソリンのようなものが、使われた可能性があります」

「ガソリンが使われた？」

「実は、火が燃え上がったとき、強いガソリンの臭いがしたという、近所の方の証言があります」

　松浦が説明した。

「そうですか……」

「それにですね、火の回りがものすごく早かったという証言もあるんです。消火に当たる間もなく、室内から燃え上がった火が、ベランダから噴き出したとも言っています」

　里村が言葉を補足した。

「でも、屋内にガソリンなど置いていなかったはずですが……」

　直美は、なぜ自分の家にガソリンがあったのか、わからなかった。いや、絶対にそんなはずはないと思っていた。

「奥さん、それはたしかですか？」

松浦が念を押した。

「はい、あの日私が夕方家を出るまで、そんなものは置いていませんでした」

「ご主人は車を持っていますね。今ガソリンの値段がかなり高騰しています。奥さんが外出しているときに、買いに行った。そうは考えられないですか」

里村が推測を交えて聞いた。

「たしかに主人は車を持っています。でも、ガソリンを買い置きするようなことは、これまで一度もありませんでしたし、そんなことは何も言っていませんでした」

「ガソリンの臭《にお》いを嗅《か》いだという、複数の証言があるんですがね。かりに、ご主人がガソリンを買っていない、部屋の中に持ち込んでいないとすると、誰かが持ち込んだということになります。奥さん、記憶違いということはないですね」

「絶対にありません。刑事さん、うちには悪戯《いたずら》盛りの子供がいたんです。主人も私も万一のことを考えて、危険なものは絶対に家の中には持ち込まないようにしていました」

直美は強く否定した。

「なるほど――」

松浦が大きく頷いた。

「特に主人は、自分が警察官ですし、マンションのような集合住宅で、もし火でも出すと周りの人に迷惑がかかる。いつもうるさいほど私に注意していましたし、子供が小さいですから、ライターやマッチなどの置き場所にも、神経を使うほどでした」

「警部補、奥さんの話通りだとしたら、やはりガソリンは、外から持ち込まれたということになりますね」

松浦が顔の前に垂れた、白髪混じりの頭髪を搔き上げながら、厳しい顔を見せた。

「うん、たしかに大城君は几帳面《きちょうめん》な性格だったな。ただ、それが本当なら一体誰がガソリンを持ち込んだんだ……」

里村が険しい表情を見せた。

「係長さん、うちの人は誰かに殺されたのでしょうか」

直美が二人の話から、ふと、疑問を持った。

家にあるはずのないガソリンが、外から持ち込まれ、火を点けられたとしたら、第三者の手で殺されたことになる。

直美はそう考えるしかなかった。

「残念ながらまだわかりません。こんなことを言うのは酷《むご》いことですが、許してください。奥さんにも遺体を確認していただきましたから、わかっていただけると思いますが、火の勢いが激しかったからでしょう、人相はもちろん、男女の性別さえもわからないほど炭化がひどく、骨格が残っているくらいで、正直なところ死因の特定は難しい状況です」

「死因もわからないのですか……」

「今のところ殺人事件だという証拠も、不慮の事故だという証拠もありません。それで警察としては、事故と事件の両方から慎重に捜査しています」

　里村が顔を曇らせた。

「………」

　悲しそうに目を伏せた直美は、何か思い詰めたような顔をしていた。

「奥さん、大城君はあなたのご主人であると同時に、私たち警察の同僚でもあるんです。必ず真相を突き止めます。それまでは辛いでしょうが、もう少し時間をください」

　松浦が、肩を落とした直美の様子を見て、励ますように言う。

「………」

「ところで奥さん、もう一つ聞かせてください。火災があった日、奥さんは出かけていたんですよね」

「はい……」

「念のために伺いますが、奥さんが出かける前に、ご主人が何かを気にしていたとか、いつもと違う態度を見せていたとか、そんなことはなかったですか。どんな些細《ささい》なことでも構いません」

　里村が直美の目を見つめた。

「とくには……」

直美は首を傾《かし》げながら、懸命に記憶をたどった。が、まったく思い当たる節はなかった。

「ご主人が留守のとき、嫌がらせの電話が掛かってきたとか、無言電話が掛かってきたようなことはありませんか」

「ありません……」

「男でも女でもいいのですが、見ず知らずの者に後をつけられたり、郵便ポストに何か投げ込まれていたとか、郵便物が抜き取られていたとか、そんなことはないですか」

里村が重ねて確認した。

「まったくありません」

直美が小さく頭を横に振った。

「刑事がいつも相手にしているのは、犯罪者ばかりです。ご主人が気付かなくても、事件の関係者から恨まれていることはよくあります」

「………」

「つかぬ事を伺いますが、ご主人は一人で何かを捜査していたとか、今捜査をしていることを、奥さんに話したようなことはないですか」

松浦が聞いた。

「主人は家でお仕事のことを話すことはありません。家庭にお仕事を持ち込まないというのが、主人の考え方でしたから……」

「誰かに脅されていたとかは？」

「いいえ、そんなことはないと思います」

「そうですか、わかりました」

「………」

「奥さん私たちも原因を突き止めますので、力を落とさないでくださいね。何か困ったことがありましたら、いつでも私どもに声を掛けてください。できることはさせてもらいますから」

　里村が再び励ますように言う。

「ありがとうございます。よろしくお願いします……」

　直美は複雑だった。

　事件か事故かわからない。中途半端な状況に置かれたことが、直美を苛つかせ、頭を混乱させていたのだ。

8

　直美は塞ぎ込んでいた。

　四日経《た》ち五日が経っても悲しみや寂しさが薄れるどころか、逆に深まるばかりだった。

涙が止まることはなかった。

睡眠薬を飲んでうとうとしても、夫の雅哉がただいまといって帰ってくる。息子の雅直が、お母さん、と元気な声を上げながら抱きついてくる。そんな錯覚を覚えてハッと目を覚ます。

思うように睡眠が取れなかった直美は、精神的に疲れ果てていた。睡眠不足からか、日に日に思考は薄れていった。

どんなことをしても、亡くなった夫と子供は戻ってこない。もう二度と二人の弾けるような笑顔は見られない。それが直美の中で絶望感に変わっていた。

ひとり取り残された直美は、事件であろうが事故であろうが、もうどうでもいいと思うようになっていた。

入れ替わり立ち替わり見舞いに来てくれる夫の上司や同僚。自分と同期だった女子警察官が励ましの言葉を掛けてくれる。

だが、神経をずたずたにされ、絶望の淵に立たされていた今の直美にとって、みんなの励ましや同情がむしろ苦痛だった。

夫と息子がすべてだった直美には、二人を失ったいま、生きていく意味さえ見いだせなかった。ただ絶望だけが気持ちの中で大きく膨らんでいた。

直美が入院して一週間過ぎたある日。部長刑事の日高が病院へ見舞いに来た。

病院の中が何となく騒がしく慌ただしかった。ナースも、廊下に出ている患者たちも、落ち着きがなかった。

ん？　何かあったのだろうか――。日高は何となく気になり、パジャマ姿のまま話していた二人の女性に聞いた。

「済みません、何かあったのですか？」

「女の患者さんが、屋上で手首を切って倒れていたんですって」

「手首を切った？」

「睡眠薬も飲んでいたそうですよ。看護師さんが、自殺を図ったと言ってました。ついさっき、手術室へ運び込まれたところなんです」

「自殺を図った？　私は警察の者です。どの部屋の患者さんが自殺を図ったんですか？　名前はわかりますか」

日高が胸騒ぎを覚えながら聞いた。一瞬、血の気が引く感覚を覚えた。

「その向こうのお部屋の方らしいですよ」

女が病室を指さした。

「たしか大城さんじゃなかったかしら」

別の女が言う。

「何だって！　で、その女性は助かったのですか」

日高が顔色を変えて口早に聞いた。

「そこまでは……」

女が言葉を濁した。

それがかえって、日高の気持ちを強張らせていた。

「ありがとう」

日高は小さく頭を下げて、ナースセンターへ行き、容体を聞いたがまだわからないと言う。

日高は看護師から手術室の場所を聞いて、駆けだした。

一階にある手術室の扉の前で立ち止まった日高の目に、手術中の赤い表示灯が見えた。

頼む、助かってくれ――。

茶色のスーツを着た日高は、横ポケットに手を突っ込み、ドアの前でうろうろしながら胸の中で手を合わせた。

馬鹿な、早まったことを……こんなことをして、亡くなった大城や息子さんが喜ぶとでも思っているのか――。

死んでしまったらすべてが終わりだ。どんなに辛くても、どんなに苦しくても、生きていさえすれば、いつかきっとよかったと思うときが来る。

誰でも窮地に立たされたときは、精神的に追い詰められ、生きる気力を失って、絶望感から死にたいと思うようになる。その気持ちはわかる。

だが、死んじゃ駄目だ。親からもらった命はたった一つ。その命を粗末にしてはならないんだ。生きて、生きて生き抜かなければ——。

人とは所詮《しょせん》弱いものだ。だから自分の身に不幸が降りかかると、すぐに逃げだそうとする。独りで思い悩み、諦《あきら》めて命を絶とうとする。

しかし、どんなに苦しくとも、人は命ある限り生き抜いていかなければならない。自分に負けてはいけないんだ。

直美、生きるんだ、何としても生き抜くんだ——。

日高はジリジリしながら待った。

しかしあの底抜けに明るかった直美が、自殺を図るとは……やはり二人の死がよほど堪えていたのだろう。

わかる。気持ちは痛いほどわかる。私から見ても二人は似合いのカップルだったし、仲のいい夫婦だった。

それに、子供が生まれたときの喜びようはなかった。大城もそうだが、直美もいっぱいの愛情を注いで育てていた。

そんな最愛の二人が突然帰らぬ人となった。直美がその現実を受け入れられないのは当然だ。

気持ちの整理がつかないこともわかる。絶望感に苛まれ、生きる気力を失ったことも理解できる。

日高は、二人が亡くなった後、沈み込み、打ちひしがれて、まったく笑顔の消えた直美のことが、ずっと気になっていた。

直美はもともと性格が明るかった。それだけに、まさか自ら命を絶とうとするとは思わなかった。

日高は、直美がいちばん苦しんでいるときに、どうしても仕事で時間が取れず、相談に乗ってやれなかった。そのことを悔い、自分を責めていた。

自分の所属は鑑識課。大城と子供の死因を科学的に特定するまで、どうしても手を放すことができなかったのだ。

直美を死なすわけにはいかない。あんな優しくて、いつも他人のことを気遣っていた明るい性格の直美が死ぬ。そんなことがあってたまるか。絶対に助かる——。

日高は落ち着かなかった。祈るような気持ちで、ドアの前をうろうろしていた。

手術中の赤い表示灯が消えたのは、そんなときだった。

日高は立ち止まり固唾《かたず》をのんだ。

執刀医が出てきて、最悪な事態を告げたらと、思考が悪い方へ悪い方へと傾く。そんなことはないと、思考をいくら気持ちの中で否定しても、やはり心配だった。

ドアが開く。白衣を着た医師がゴムの手袋を外しながら出てきた。

日高はゴクリと生唾を飲み込んだ。容体が気になり、いても立ってもいられず医師に話しかけた。

「すみません先生、警察の者ですが彼女の容体はどうでしょうか」

「ええ、もう大丈夫です。幸い発見が早かったので、出血も止められましたし、胃の洗浄も無事に終わりました」

「胃の洗浄？」

「大量の睡眠薬を飲んでいたんです」

「そうですか、よかった……で先生、手首を切ったと聞きましたが、手に後遺症が残るようなことは――」

「幸い動脈も手の筋も切断されていなかったので、後遺症が残るようなこともないでしょう。日にちが経てば完全に元通りに戻ります」

「元に戻るんですね。よかった……」

「今は眠っていますが、あと二、三時間もすれば気がつくはずです」

「ありがとうございました」

「それじゃお大事に」

医師が小さく頷いて立ち去った。

日高がホッと胸を撫で下ろしたとき、看護師が、直美をストレッチャーに乗せて出てきた。

手には点滴の太い針が刺されている。青白く血の気の引いた顔に酸素マスクを着けた直美は、死んだように目を瞑《つむ》っている。

日高は集中治療室へ搬送される直美の顔を、瞬きもしないでじっと見つめていた。

第二章　背負った刺青

1

コンコン、コンコン――。

明くる日の午後一時過ぎ。直美が入院している病室のドアがノックされた。

部屋の中で付き添っていた日高が、立ち上がりドアを開けた。ドアの前には大城の同期井原英俊が立っていた。

「部長、遅くなりました」

「呼びつけて済まんな。いま彼女は眠っている。廊下で話そう……」

日高が気を遣って小声で言う。

「はい……」

井原が角刈りの頭を下げた。

部屋の中を気にしながら外に出てドアを閉めた日高に、井原が心配して聞いた。

「奥さんが自殺未遂を起こしたと聞いたときは、本当にびっくりしました。で、もう奥さんの具合はいいのですか？」

「やっと落ち着いたところだが、まだ油断はできない」

「大城があんなことになって、気にはしていたのですが、なかなか見舞いに来ることができなくて。しかし命だけでも助かってよかった……」

井原がドアの方へ視線を向け、ホッとしたような顔をした。

「ああ、本当によかった。ところで井原、例の件は調べてくれたか」

日高も命を取り留めてよかったと、本心から安堵《あんど》して聞いた。

「はい、実はですね、大城は亡くなる前に、株式会社光損害保険の取締役で浜田博士《はまだひろし》という男と、頻繁に接触していたようです」

「損害保険会社の取締役と？　何のために」

「それが、詳しいことはまだわからないのですが、どうも、浜田は誰かに強請《ゆす》られていて、三億もの大金を使い込んでいるようなんです。しかも、信じたくはないですが、その三億の金を奪ったのが、大城ではないかという噂《うわさ》も出ているんです」

井原が掻《か》い摘《つま》んで事情を説明した。

「大城が強請を？　そんな馬鹿な！　大城がなぜそんな大金を強請る必要があるんだ

「――」

日高が即座に否定した。

「俺もそう思います。大城に限ってそんなことはないと思いますが、噂が出ていることは事実です。ただ、会社側からの被害届はまだ出ていません」

「被害届が出ていない？　三億もの大金を強請り取られていながら、なぜ被害届を出さない」

「会社側がなぜ、被害届を出さないのかわかりません。引き続き調べてみます。ただ、当事者の浜田に話を聞きたいと思ったのですが、ちょうど大城が亡くなった直後から、行方がわからなくなっているんです」

「行方不明だって？」

「はい」

「浜田が行方不明になった理由は」

「まだはっきりしたことはわかりませんが、部長も知っての通り、保険会社は本来被保険者に払わなければならない金を、何十億、何百億と不正に貯め込んでいます。どうもその情報を外部に流していたようです」

「亡くなった大城と、個人的に接触していた浜田が行方不明か。気になるな。で、浜田という男はどんな男なんだ」

日高が聞いた。それ相応に社会的な地位のある浜田の人柄なり、性格を知りたかった。

「浜田の評判はそれほど悪くはありません。あの真面目《まじめ》な人がなぜ使い込みをしたのか、そんな社員の声もあります」

「仕事は真面目だったということか。しかし、かりに大城に脅されていたとすると、そこには必ず脅される理由がなければならないはずだ」

「ええ、聞くところによると、浜田は年配者に投資話を持ちかけ、預かった金を横領していた。その他にも、顧客の名前を勝手に使い、消費者金融で借り入れをして、その金を飲み食いに使っていたという話もあります」

「なるほど。それで、会社側はその事実を認めているのか」

「表向き認めていませんが、会社側が内々に被害者と話をして、すでに弁済《べんさい》している。そんな話もあります」

「浜田が横領した金は、総額いくらくらいになるんだ？」

「裏が取れているわけではありませんが、聞くところによると、およそ三億円くらいだそうです」

井原が摑《つか》んできた情報をそのまま伝えた。

「三億？　すごい金だな。で、その金はいまどうなっている。実際に大城に渡っているのか」

日高はまだ信じられなかった。

自分たちは安月給で働いている。まとまった金額を見るのはボーナスのときくらいのものの。それも、通帳に振り込まれた数字を見るくらいである。

百万円の札束をほとんど見たことも、手にしたこともない。それだけに三億円という途方もない金を、大城が脅し取ること自体考えられなかった。

「それがですね、念のためと思い大城の預金通帳を調べてみましたが、まったく預けた形跡はありません」

井原が首を傾《かし》げた。

「かりに大城が浜田を強請っていたと仮定すれば、考えられるのは二つ。現金をどこかに隠しているか、初めから大城に金が渡っていなかったかのどちらかだ」

日高が厳しい表情をして、考えながらいう。

「ええ、ところで部長。はっきり聞かせてもらいたいのですが、大城が自殺をしたという話がありますが本当ですか。俺はあの大城が我が子を殺して自殺するなど、どうしても考えられないんです」

井原が気になっていたことを聞いた。とても信じられなかった。

「捜査一課は初め、事故と自殺という両方の見方をしていたが、最終的には自殺という結論を出した」

日高が眉《まゆ》に縦皺《たてじわ》を寄せて言う。

「部長、大城は喘息《ぜんそく》を持っていた息子のことを考えて、好きだった刑事を辞めてまで、駐在所に配置転換を申し出ていたんです。そんな大城が自殺をするはずがないじゃないですか」

「それは俺も同じ考えだ。しかし、これは捜査一課の北本警部をはじめ、副署長の間垣警視が自殺であると結論を出し、道連れにした子供に対しては、殺人罪として事件を検察庁へ送り処理したのだから、今の段階では、これ以上どうしようもならない」

日高が悔しそうに唇を噛《か》んだ。

「ええ、でもこのままにしていたら、大城は子殺しの汚名を着せられたまま、被疑者《ひぎしゃ》死亡として、つまり殺人者として事件は片付いてしまいます。俺は、それがどうしても納得できないんです」

「その通りだ。私もそこのところを一番危惧《きぐ》している」

日高が、井原の考えに同調した。

「部長、こんなときですが、少し奥さんと話していいですか」

井原が納得できないような顔をしていう。

「目を覚ましたら、構わん」

日高は、大城と仲のよかった井原が顔を見せれば、直美の気持ちも少しは解《ほぐ》れるかも知れない、そう思っていた。

2

「奥さん、ご無沙汰《ぶさた》してます……」

井原は、直美が目覚めるのを待って、日高と一緒に面会をした。

「井原さん……」

ベッドに体を横たえている直美が、涙ぐんだ。

井原の顔を見た途端、なぜか胸の内側から熱いものが突き上げてきたのだ。

「奥さん、大丈夫ですか？　無茶なことはしないでください。どんなに辛くても、あなた自身のためにも、大城や雅直君のためにも生きぬいていかなければ」

井原がきつい口調で言う。

「………」

直美は何も言葉を返せなかった。

「いろんなことが、奥さんの耳にも入ってくると思いますが、惑わされては駄目です。俺は大城を信じている。大城が自分から命を絶つようなことは、絶対にしない。そうでしょう奥さん」

井原が悔しそうに唇を噛んだ。

黙って二人の話を聞いていた日高も、その通りだというふうに何度も頷《うなず》いていた。

「…………」

直美が寂しそうに俯《うつむ》いた。

「大城は人が好きだった。いつも人のために自分は何ができるか。そんなことばかり考えていた大城が、雅直君を道連れにして、自殺をするはずはないじゃないですか」

井原が感情を露《あら》わにした。

頭では冷静にならなければと思うのだが、話し始めると気持ちとは裏腹に、なかなか冷静になれなかった。

「直美さん、井原のいうとおりだ」

日高も同調した。

「はい……」

直美が小さく頷いた。

「奥さん、大城のことについて、もう一度話を聞かせてください――」

井原が落ち着いた口調で話しかけた。

「私の知っていることは、捜査一課の方にも、日高のおじさんにも、何もかも話しました。これ以上何をお話しすれば……」

直美が戸惑いを見せた。

「俺は俺なりに調べてみたいんです」

「ありがとう……」

直美がまた戸惑いを見せ、頭を抱え込んだ。

これ以上何を話せばいいの。あの人が悪いことをしたなんて絶対にあり得ない。何かの間違いよ、間違いに決まっている——。

直美は、夫のことを信じてくれている井原の言葉が、嬉《うれ》しかった。

「奥さん、率直に聞かせてもらいますが、大城が脅されていたとか、休みのときや仕事から帰宅したあと、誰かに呼び出されていたようなことはなかったですか」

「私の知る限りでは一度もありません……」

「そうですか。では奥さん、気分を悪くしないで聞いてください。大城に急な金が必要になったとか、奥さんの知らないところで、借金をしていたようなことはないですか」

「ありません……」

直美が強い口調で否定した。疲れた表情の中に怒りに似た感情を見せた。

主人が私の知らないところで、借金をするなどあり得ない。

しかし、捜査一課の人たちもそうだったが、なぜみんな、お金のことばかりを聞くのだろう——。

直美はそう考えながら、逆に気になっていたこと。どうしても納得できないことを聞き返した。

「井原さん、いまさら聞いても仕方がないことですが、捜査一課の刑事さんから、大城とお金のことを聞かれました。その件について、何か大城から聞いていませんか」

「何も聞いていません」

井原が言葉をはぐらかした。

「そうですか……」

直美は考え込むように俯いた。

「大城は、奥さんが心配するようなことをする男じゃない。ただ、大城が自殺したという動機に金が絡んでいると見られている以上、そこを違うと証明しなければ、いつまで経《た》っても疑いは晴れません。いくら口で否定してもどうにもなりませんからね」

「ええ……」

「日高部長からも聞いたと思いますが、大城が雅直君を道連れに自殺をしたとなれば、雅直君に対する殺人罪を問われかねません。ですからいまは、大城に掛けられている容疑を晴らすためにも、事実関係をはっきりさせる必要があるんです。そのためには、大城が無実であることを証明する、何か動かぬ証拠が必要なんです」

井原は悔しさを隠さず厳しい口調で言う。

「はい……」

直美も、井原の言いたいことはよく理解していた。

主人は無実だ。子供を殺して自殺などするはずはないと、いくら口で叫んでみたところで、いったん殺人の被疑者として送検されたものを覆《くつがえ》すことはできない。

それが容易でないことは、直美自身が警察官だっただけによくわかっていたのだ。

「大城は自分の力で無実を証明することはできない。だからこそ、部長や俺が大城の無実を証明しなければならないんです」

「井原さん……」

直美が喉《のど》を詰まらせた。

ここまで大城のことを考えてくれているのかと思うと、有り難かった。自分以外に、信じてくれる人がいる。そう思うだけで胸がじんとして涙が溢《あふ》れた。

「奥さん、俺は大城のことを親友だと言いながら、苦しんでいることに何も気付かなかった。それが悔しいんです」

「ありがとう。でも、大城がこうなったのは、何も井原さんのせいではありません。あまり考えすぎないでください……」

直美の目から大粒の涙が溢れだした。

「井原、おまえ本当に大城の無実を証明したいか」

いままで、ほとんど口を挟まずに話を聞いていた日高が、険しい顔つきをして確認するように聞いた。

「もちろんです。大城がこのまま殺人者としての汚名を着たままでは、我慢できません。絶対に何か裏がある。俺はそう考えています」

井原がはっきり言い切った。

「井原、おまえの気持ちはわかった。直美さんも井原も辛いだろうが、気持ちを落ち着けて聞いて欲しい」

「はい……」

「私は鑑識課の立場からしか物は言えないが、実はだな、大城の遺体はほぼ完全に焼けていたし、特に顔の部分と頭部が激しく焼けていた。しかもその頭部は崩れ落ちた天井の下敷きになり、骨が潰《つぶ》れていたのも事実だ」

「顔が激しく焼けて、頭部が潰れていた？」

井原が顔をしかめた。

ベッドの上では、直美が真っ青になって話を聞いていた。

「うん、ただだな、頭蓋骨《ずがいこつ》が潰れているといっても、粉々に砕けていたわけではない。当然断片は残っていた」

「……………」

直美が辛そうな顔をしながら、それでも日高の話に耳を傾けていた。

「これは、あとでわかったことだが、死体を解剖した医師の話によると、その頭蓋骨に弾《だん》痕《こん》らしき穴が開いていたそうだ」

「弾痕が？」

「たしかに大城の右手の手元に、焼けた拳銃が残されていた。このことから大城は拳銃で自分の頭を撃ちぬいて自殺したと断定されたわけだが、正直なところ私は未《いま》だに自殺と断定されたことが、納得できないでいる」

日高が眉根を寄せて難しい表情を見せた。

「なぜ納得できないのですか？」

「何か疑問でもあったのですか？」

井原と直美が続けて聞いた。

「うん、この死に方から大城の死を推測すると、自殺するまでの順序として、大城は雅直君を殺したあと自分と子供の体に、ガソリンのような揮発性のものを振りかけ、火を点《つ》けた。そして拳銃《けんじゅう》で頭を撃ちぬいたことになる。大城が自殺をしたのであれば、そう考えなければ辻褄《つじつま》が合わない」

日高が、二人に詳しい話をはじめた。

「たしかに……」

井原と直美が真剣な眼差しを向けて頷いた。

「ところがだ、その銃弾の痕跡が残っていた頭部の骨は、前頭葉《ぜんとうよう》の部分だったらしい。つまりだ、右手に銃を持ち、手を伸ばすようにし、正面の少し上から頭を撃ったことになる。それは射出痕と思われる痕跡が、首の後ろにあったことから、ほぼ間違いない」

「部長、ちょっと待ってください、何でわざわざそんな撃ちにくい方法を用いて、撃ったんですかね。こめかみを撃ちぬけば簡単じゃないですか。不自然ですね」

井原が指を拳銃に見立てて、自分が拳銃を撃つ真似《まね》をしながら首を傾げた。

「おじさん、どういうことですか」

直美がゆっくりと体を起こしながら聞いた。

自殺でなければ殺されたあとで、遺体を焼かれたことになる。もしそうだとすると、大城は無実。これまでとまったく状況は違ってくる――。

直美は日高の話に強い関心を示した。

信じていた自分の気持ちが、やっと通じたと思っていた。

「井原が疑問を持ったように、銃の使い方が気に入らない。不自然だ。二人ともこの矛盾は理解できると思う。もっとはっきり言えば、私は、大城の自殺について納得していない。疑義を持っている」

日高が二人の目を代わる代わる見つめて、自分の考えをはっきり伝えた。

「すると、おじさんは、やはり大城は殺されたと……」

直美が表情を曇らせた。

「少なくとも私はそう考えている。もちろん捜査一課の北本警部にも、間垣副署長にもその矛盾は話した。だが、すでに決着済みの事件だと、聞き入れられなかった」

「そんな……」

直美が悔しそうに唇を震わせた。

「たしかにいったん処理した事件については、そう簡単に覆すことはしない。それが警察、検察の組織というものだ」

「…………」

「警察の威信に関わるという理由からですか。俺も警察内部の人間ですから、そうした傾向があることはわかります。しかし、もし親父さんが言うとおり、自殺ではなく殺されたとしますと、大城は冤罪《えんざい》ということになります。その疑いが出てきた以上、このまま放っておくわけにはいきません」

井原が強い口調で言う。

「だとすれば、誰の手も借りず、こっちで真実を突き止めるしかない。ただ直美さん、捜査一課の連中を恨んではいけない。捜査一課のみんなも必死で捜査をしたんだからな」

日高が暗く沈んだ顔を見せている直美を見て、刑事たちを庇《かば》った。

「はい……」

直美が頷いた。

第一線で仕事をしている捜査一課の刑事を恨む気持ちは、毛頭なかった。ただ、日高のいうとおりだとしたら、残された自分が夫の冤罪だけは晴らさなければならないと思った。

一方で、冷静さを欠き、軽はずみに自分の命を絶とうとしたことを恥じ、心の中で強く反省していた。

と同時に、大城を殺した人間に対して、激しい怒りと憎悪を覚えていた。

「大城が亡くなったいま、当然のことだが本人から事情を確認することはできない。だから私は自分独りでも捜査を続ける覚悟だ」

日高が眉をひそめ、厳しい表情を見せて気持ちを吐露した。

「子供の病気のことを真剣に考えていた大城が、自殺をしなければならない理由は、まったくありません。親父さん、俺にも手伝わせてください。大城の冤罪を晴らさなければ、大城も浮かばれないし、奥さんも気が晴れないでしょう」

井原が話しながら、直美に視線を向けた。

直美は顔を伏せて涙を流していた。大城のことをここまで真剣に考えてくれていると思うだけで、嬉しかったのだ。

「井原、私の考えに同調してくれるか」

「もちろんじゃないですか。大城は俺の同期です。俺たちが真犯人を捜さなければ誰が捜すんですか。大城だって死んでも死にきれませんよ」

井原が悔しそうに言う。

「おじさん、井原さんありがとう。その言葉を大城や子供が聞いたら、どんなに喜ぶか……」

直美がほろりと涙を流した。

こうして日高のおじさんと井原さんが、大城のことを自分のことのように考えてくれている。それなのに私は現実の辛さに耐えきれず、死のうとした。

一番しっかりしなければならない私が、一番弱かった。こんなことでは夫にも子供にも申し訳ない。二人を殺した相手はどんなことをしてでも捜し出し、妻であり母親であるこの私が殺してやる――。

日高の言葉を信じた直美は、自分の手で犯人を殺そうと心に誓った。

「これは直美さんだけの問題ではない。冤罪事件を見直すかどうかは、私たちの問題でもあるんだ」

日高は、自分の息子のように思っていた大城のため、そして、永年勤め上げている警察のためにも、見て見ぬふりはできなかったのだ。

「はい……おじさん、教えて欲しいのですが、大城が奪ったというお金は、発見されたのですか？」

直美が顔を上げ気になって聞いた。

「金は発見されていない」

「ということは、大城がお金を奪ったという証拠は、何もないわけですね」

直美は、疑問に思っていたことを正直に話した。

「そのとおりだ」

「そうか、その金を奪った奴が犯人ということか。つまり、大城が何らかの事情から、単独で事件を調べていて、金を奪った奴を追い詰めようとしていた。そこで事件の発覚を恐れた相手が、大城を自殺に見せかけて殺し、罪をなすりつけた。こういうことですか」

井原が考えながらいう。

「そういうことですか……」

直美が納得したように頷いた。

あれだけ子煩悩《ぼんのう》で、子供のことを真剣に考えていた大城が、子供を道連れにするはずがない。

それに大城が自責の念に駆られ、精神的に追い込まれたのであれば、自分ひとりで命を絶つはず。やはり、思った通り犯人は大城ではなかった。

大城を信じ切っていた直美は、内心ホッとしながら、夫と子供を殺した相手に強い恨みを向けていた。

3

直美が突然病院を抜け出し姿を消したのは、日高や井原と話した日から一週間過ぎた日の深夜だった。

それから一ヶ月が瞬《また》く間に過ぎた。

警部の北本以下、捜査一課の刑事たちは懸命に直美の行方を捜した。が、その所在はようとして知れなかった。

「まだ、行き先はわからないのか」

副署長で警視の間垣が、眉間《みけん》に縦皺を作って厳しく聞いた。

「申し訳ありません。病院の関係者や、友人や知人など、立ち回ると思われるところは、すべて当たってみたのですが、誰にも連絡を取っていません」

警部の北本が、険しい表情をして頭を下げた。

「警視、まさか自殺をしたようなことはないでしょうね」

警部補の里村が気にした。

「可能性がないとは言えない。ただ未だに変死者の報告がないということは、生きていると考えるのが自然だ。いずれにしても、事件性があるとは思えないが、万が一のことがあってもいかん。できるだけ捜してみろ」

間垣が指示した。

「わかりました」

北本が眉間に縦皺を作り返事をした。

「警視、奥さんは元警察官です。それに大城を信じ切っていますし、未だに夫と子供は殺されたと思い込んでいます。もし生きているとしたら、独りで調べ直そうとしているのではないでしょうか」

里村は、直美に執念みたいなものを感じていた。

「可能性は否定できない。夫と息子を同時に失い、憔悴《しょうすい》しきっている奥さんが、そう思うのも無理はない。現実を受け入れることができない奥さんの気持ちも、理解できる。ただ、奥さんが動くのは勝手だが、自殺をする恐れがあるのに、このまま放っておくわけにはいかんだろう」

「はい」

「もしマスコミが感づけば、面白おかしく書き立てる。それだけでも警察の威信を傷つけることになる」

間垣が指先で顎《あご》をなでながら、じっと目を据えて考え込んだ。

「ええ、最近のマスコミはあることないこと、書き立てますからね。警部補、たしか鑑識課の日高部長は、大城夫婦と個人的にも懇意にしていたはずだ。すまんが呼んできてくれないか」

北本が考えながら言う。

「わかりました」

里村が言ってその場を離れた。

「警部、奥さんはなぜ姿を消したと思う。私たちが事件を立件したことに、承伏していないからか」

間垣があらためて聞いた。

「そうかも知れません。妻の立場としては、さっき警視が言っていたように、事実を受け入れられないでしょうからね」

「そうだな。だとしたら奥さんを捜し出して、気持ちを聞いてやる必要があるな」

「ええ、問題は奥さんが何を考えて、姿を消したかです。もし奥さんが生きていれば、その辺のところを聞いてみる必要がありますね」

「警部、君たちが病院へ行ったとき、奥さんの様子はどうだった」

間垣が聞いた。

「二人の話では、彼女はかなり動揺していたようです。精神的に参っていたようですが、あくまでも大城の犯行とは認めませんでした」

「そうか、やはり精神的に参っていたか――」

間垣が小さく頷きながらまた考え込んだ。

「大城たちは仲のいい家族でしたから、夫と子供の死に絶望し、後追い自殺をしたということも、十分考えられます」

北本が話を元に戻した。

「後追い自殺か。考えられるな……警部、奥さんの自殺体が発見されるまでは、絶対に諦《あきら》めず、生きていると考えて捜してくれ」

間垣が厳しい眼差《まなざ》しを向けて、語気を強めた。

「わかりました」

北本が間垣と目を合わせ、小さく頷き合った。

里村が、鑑識課の主任日高部長を連れてきたのは、そんなときだった。

「警視、お連れしました」

「ご苦労さん、日高部長、忙しいところ済まないな。ちょっと大城刑事のことで確認したいことがある。そこへ座ってくれ」

「何でしょうか」

紺の作業服を着た日高が、言われたとおり間垣の机の前に、傍の椅子《いす》を引き寄せて座った。

「部長は、大城刑事や家族とも親しかったと聞いたんだが、どの程度の付き合いだったんだ」

間垣が早速確認した。

「私には家族がいませんので、大城夫婦と子供には、実の家族のように接してもらっていました」

「そんなに懇意だったのか」

「はい、大城も奥さんも、よく頼ってくれていましたから」

「日高部長、あのことを話していいですか」

里村が真顔になって先に断った。

「あのこと？　ああ、もう昔のことですから——」

日高が一瞬、寂しそうな表情を見せた。

「警視、日高部長は二十年ほど前、家族が事件に巻き込まれ、奥さんと娘さんを失っているんです」

「事件に巻き込まれた？　それは知らなかった。で、どんな事件だったのか、差し支えなければ話してくれんか」

間垣が驚いたような表情を見せた。

警視で副署長クラスになると、二、三年で転勤する。

しかも新宿警察署規模になれば、職員を含めた警察官は、約七百名も在籍している。それ以下の規模の警察署でも、二百人から四、五百人が勤務している。

だから副署長の間垣が、職員全員に対して、過去の経歴まで知ることはない。事実上無理と言っていいのだ。

「盗みに入った犯人に、包丁で刺し殺されたんです。その犯人は未だに捕まっていません。事件は未解決のままなんです」

里村が事件の内容を伝えた。

「そうか、そんな過去が……日高部長、嫌なことを思い出させて済まなかった」

間垣が済まなそうに言った。

「いいんです。もう過ぎたことですから。いまさら考えても、どうなるものでもありません。それより警視、用件は何でしょうか――」

日高は落ち着いて聞き返した。

「そうだったな。日高部長、早速だが行方不明になっている大城の奥さんから、何か連絡はないか。大城や子供さんのことがあっただけに、また自殺でも考えているのではないかと思ってな。それじゃあまりにも可哀想だ」

間垣が心配し同情した。

「私もそのことを心配しています。親からもらった命は一つ。自分から命を絶つようなことをしてはならないと、言って聞かせたのですが――」

日高が表情を曇らせた。井原を交えて直美と話したことについては、あえて口を噤《つぐ》んでいた。

「ところで部長、奥さんから、大城刑事のことで何か聞いたり、相談を受けていることはないか」

警部の北本が変わって質問した。

「相談と言いますと?」

日高が北本に視線を向けて聞いた。

「大城刑事が誰かに脅されていたとか、トラブルを抱えて独りで悩んでいたとか、何でもいいんだが――」

「私が相談を受けたのは、子供が喘息で苦しんでいるので、駐在所勤務をしたいということだけです。その件については警部にも警部補にも相談をしていると聞いています」

「うん」

「この四月に、地域課への異動が決まったことで、本人はとても喜んでいました。私の知る限り、大城刑事が仕事の上で悩みを抱えていたとか、トラブルを抱えていたというようなことは、まったくなかったといいますか、気がつきませんでした」

日高がはっきり否定した。

「大城刑事が、独自で何かを捜査していたというようなことを、聞いたことはないですか」

里村がさらに質問を重ねた。

「私の知る限り、大城が独りで何かを捜査するようなことは、まずないと思います。もし気になることがあって捜査をするとしたら、直属の上司である警部や警部補に、すぐ相談するのではないでしょうか」

日高が厳しい顔をして言う。

「そうか……ところで日高部長。先日、大城刑事の奥さんが自殺を図ったあと、傍に付き添っていたのは間違いないか」

警部の北本が聞いた。

「ええ」

「奥さんがなぜ自殺を図ったか、具体的に理由は話していなかったか」

「私も気になって確認はしてみたのですが、奥さんは思い詰めていて、胸を開いてくれませんでした。これは私の推測ですが、やはり夫と最愛の子供を失ったことからくるショックが大きく、それがあんな突飛な行動に走らせたのだと思います」

日高はキュッと眉をひそめ、表情を曇らせたが淡々と答えた。

「はっきり聞きたいんだが、大城は元警察官だった奥さんに、損保会社の浜田から恐喝して奪い取った金のことについて、話はしてなかったか」

「まったく聞いていません。大城は公私を混同するような奴ではありません。仕事は家に持ち帰らないということを徹底していました。ですから、奥さんに事件のことを話し、打ち明けるようなことは、まずしないと思います」

日高が里村の懸念をはっきり否定した。

「そうか……」

「日高部長、もう一度確認させてください。奥さんがどこへ行ったか、心当たりはないですか」

里村が再度確認した。

「ありません」

「立ち回り先や、奥さんと特に懇意にしている友達や友人、知人などは知らないですか」

「個人的に誰と付き合っているかなど、プライベートなことについては、まったくわかりません」

「そうですか――」

里村が小さく頷きながら言葉を切った。

「日高部長、率直に聞きたいんだが、奥さんはなぜ病院から姿を消したと思う?」

北本が里村に代わって聞いた。

「わかりません」

日高が頭を横に振った。

「そうか、もし、連絡があったらすぐに知らせてくれ」

「はい……」

「自ら命を絶つようなことがなければいいが――」

間垣が心配そうな顔をした。

4

直美は、大城と一緒に遊びに行った場所を独りで旅し、三日前に生まれ故郷の沖縄に戻っていた。

が、実家には一度も顔を見せなかった。独りで沖縄の自然に抱かれ、これからの身の振り方を考えたかったのだ。

病院で日高や井原と話しているときは、かろうじて冷静さを保てていた。が、独りになり旅を続けていても心は晴れなかった。愛する家族を失ったことばかりが思い出され、たまらなかった。

何でこんなことに……大城が、私が、雅直が何をしたって言うのよ……。

一杯飲み屋のカウンターの前に腰を下ろしていた直美は、酒の入ったグラスを放さなかった。

片手に泡盛《あわもり》の入ったグラスを握っている直美の胸は、張り裂けそうだった。

もともと酒の強かった直美は、かなりグラスを重ねていた。が、いくら酒を呷《あお》っても、何もかも忘れるほどへべれけには酔えなかった。

飲めば飲むほど、空しさが募ってくるだけだった。

あのとき死んでいたら。これから何を目的にして生きていけばいいの――。

もうどうでもいい。このまま死んでしまえば何も考えなくて済む。死ねば二人のところへ行ける。向こうでまた家族三人で幸せに暮らせる。

直美はまた気弱になっていた。

夫や雅直のことを、忘れられないことはわかっていた。忘れようと思えば思うほど、過去の愉《たの》しかったことばかりが鮮明に思い出され、甦《よみがえ》ってくる。

誰が言い出したのでもないが、店の中に三線《さんしん》の音が響きはじめた。

いつもならその音色に合わせて、直美も飲み客と一緒に踊り出す。だが、いまの直美にはとてもその気にはなれなかった。

むしろ、三線の音色に胸を締め付けられた。なぜか悲しい音に聞こえていた。

直美自身も三線を弾くが、大城もよく弾いていた。まだ四歳だった雅直がその音に合わせて踊る。そんな和やかで愉しい場面ばかりが脳裏をよぎった。

直美はたまらず店を出た。どこへ行く当てもなく、ふらふらと歩いていた。

そんな直美の足は、無意識のうちに思い出をたどろうとしたのか、結婚する前に大城と二人で、よく遊びに行っていたビーチへ向いていた。

辛かった。寂しかった。胸が潰れるほど苦しかった。

日が経つにつれて、気持ちが鎮まるかと思っていたが、逆だった。独り取り残されたことがたまらなかった。

いままではごく当たり前のように、大城や雅直たち家族のために食事を作り、家事にいそしんでいた。

そこにはいつも会話があり、みんなの笑顔があった。が、ある日突然、自分の生き甲斐《がい》だった家族も、その家族の笑顔も一瞬にして奪われた。

自身の一生まで狂わされた直美には、もう帰る場所はなかった。

支えを失った直美は、自分の空虚な気持ちを癒《いや》してくれる場所を、自然に探し求めていたのだ。

直美は実家の近く、恩納村《おんなそん》にあるホテルに部屋を取り宿泊していた。

生まれ育った場所の空気に触れたいということもあった。が、一切実家には顔を出さなかった。

ビーチの砂浜に着いた直美は、ゆっくり歩いた。踵《かかと》の高いヒールを履いていて歩きにくかった。

直美は足を止めて波打ち際に腰を下ろした。

暗闇《くらやみ》の中で、打ち寄せる小さな波の音を聞きながら、じっと沖を見つめていた直美は、独り取り残されたことが、これほど寂しいとは想像もできなかった。

泣くつもりはなかったのだが、ただただ涙が溢れてくる。霧がかかったように視界が涙で遮られた。

あの人は海が好きだった。結婚する前二人で、よく浜に来て時間を過ごした。

寄り添って座り、彼の肩に寄り添った。大城はそんな私の体を、いつも優しく抱いてくれた。

そう、彼が刑事になりたいと打ち明けてくれたのも、この砂浜だった。彼は希望に目をぎらぎらさせて、熱く語ってくれた。

そんな彼の影響もあって、私も警察官になろうと決心したのも、彼と結婚を約束したのもすべてこの砂浜だった。直美にとっては思い出の詰まった場所だった。

あの頃は私も若かった。そう、こんなこともあった。

真夜中、人のいないとき、どちらからともなく二人で素っ裸になり、海に入り泳いだ。

あのときは、まるで映画の一シーンのようだった。

そのときは、恥ずかしいという気持ちなど微塵《みじん》もなかった。二人で戯《たわむ》れることが、ただただ嬉しかった。愉しかった。

そんなことを思い出していた直美は、ふと、泳ぎたい衝動に駆られた。

愉しかった当時の思い出に浸りたい。そんな気持ちになった直美は躊躇《ちゅうちょ》しなかった。

いきなり着ている服を脱《ぬ》ぎはじめた。

周囲に他人の目があるとかないとか、自分のはじめた行為が無鉄砲だとも、常識的な大人のすることではない、そんなことさえ考えなかった。

服も下着もすべて脱ぎ捨てた直美は、生まれたままの姿になって海へ向かった。

たしかに十代や二十歳代初めの若い肌は張りがあり、ピチピチしていて美しい。だが、三十歳を超えたばかりの直美の肉体はしっとりとしていて、熟《う》れた女、匂うような女の美しさを漂わせていた。

そんな直美は、ふーっと闇の海に引き込まれるような感じがした。

昼は透き通った美しい海だが、夜の海は黒く、このまま飲み込まれてしまいそうな、そんな感じさえしていた。

打ち寄せてくる海水が足下を掬《すく》い、濡《ぬ》らした。ひんやりとした感触が全身に伝わってくる。直美は素っ裸のまま深みに向かって歩を進めた。

脛《すね》から太股《ふともも》、腰が徐々に海水に浸《つ》かる。直美は、ゆっくりと体を沈めた。平泳ぎをしながら沖へ向かう。伸びやかに両手両脚で海水を掻《か》く。白い体がすいすいと波を切る。

暗い海の中でゆったりと動く様は、人形の化身、ジュゴンが大海原を悠然と泳いでいるようだった。

あのときこの海で、こうして大城と一緒に戯れながら泳いだ。何もかもから解放されたようで愉しかった。でも、いま私の傍に大城はいない。

あなた、なぜ私を一人残して、雅直を連れて行ってしまったのよ。私はあなたや雅直の敵《かたき》は討《う》つ。あなたたちを殺した犯人は殺す。必ず復讐《ふくしゅう》は遂げてみせる。だけど、敵を討っても、あなたや雅直はもう私のところに戻ってこない。そのあと何を目的に生きていけばいいの。できるならあなたたちの傍へ行きたい……。

ゆったり泳いでいる直美の目から、止めどもなく涙が溢れ出してきた。口に入る涙が塩辛いのか、海水が塩辛いのかわからなかったが、直美はその涙を拭《ぬぐ》おうとはしなかった。

泳ぎながら独り泣いていた直美は、大城との思い出が大きかっただけに、無性に寂しかった。

このまま海の中に引きずり込まれたら、どんなに楽になるか。でも私は死ねない。大城や雅直との約束を果たすまでは――。

直美はそんなことを考えながら、裸体を海面に浮かせ、ゆっくりと手足を動かした。平泳ぎをしながら沖へ向かって泳いだ。

動きを止めた直美は、くるっと仰向《あおむ》けになり海面に体を浮かせた。

海面に出した顔の周りに黒髪が広がる。白い乳房や滑らかな腹部、そして下半身からスリムに伸びた脚が波に洗われる。綺麗《きれい》な肢体が波に揺られてゆっくり動いていた。

直美にとって、ビーチの海そのものが、まるで自分だけのもの。そんな錯覚さえ感じていた。

綺麗な女が、暗闇の中だとはいえ水着も身に着けず、美しい肉体を晒《さら》して泳いでいる。それはまるで人形のようだった。

直美自身泳いでいるうちに、気持ちはいつしか、愛していた大城と過ごしていた若い当時に戻っていた。

故郷沖縄の、この広い海に抱かれたからか、直美は徐々に落ち着きを取り戻していた。泳いでいるうちに、少しずつだが、気持ちが洗われていた。

5

海から上がった直美は、濡れた体のまま服を着て、脱いだヒールを右手に持ち、再び波打ち際をゆっくり歩いた。

以前、大城と歩いた思い出の砂浜に、くっきりと足跡が残る。そのつけた素足の痕《あと》を、寄せてくる小さな波が洗い流した。

なぜかもう迷いは消えていた。沖縄の母なる海がそうさせてくれたのか、いつの間にか直美の迷いを消してくれていたのだ。

直美は歩きながら、自然に詩を口ずさんでいた。

別に作ろうとして作ったものではなかった。まだ旋律はなかったが、大城のことを思いながら、自然に気持ちの中から口をついて出てきた詩だった。それは『恋の珊《さん》瑚礁《ごしょう》』という詩だった。

燃える花びらブーゲンビレア
摘んだ一輪可愛《かわい》いと
ポニーテールの黒髪に

飾ってくれたあの人と
語り明かした夜明けの渚《なぎさ》
愛し傷つき泣きながら
雨にたたずむ珊瑚礁

翼を広げた鵲鳥《かささぎ》が
架けた恋橋天の川
年に一度の再会胸に
姿重ねて見る夢と
愛を求めて彷徨《さまよ》いながら
仰ぐ眼差し涙目に
映る月影珊瑚礁

白い浜辺の波打ち際に
指で名前を書いて消す
南海《うみ》の碧《あお》さに癒されながら
過去の悲しい出来事と

時の経過は戻せぬまでも
長き歳月《つき》かけゆっくりと
生命《いのち》育《はぐく》む珊瑚礁

詩を口ずさんだあと、直美は夫と子供のことばかりを考えていた。迷いは吹っ切れていた。

逆に、自分の体を焼きつくすほどの激しい怒りと復讐心が、再び胸の中でめらめらと燃えさかっていた。

私はもう二度とこの沖縄に戻ってくることはない。これで故郷は見納めになるかも知れない。

あらためて命を捨てる覚悟をした直美は、立ち止まって天を仰いだ。その目に見えたのは、澄んだ夜空にきらめく星の輝きだった。

いままで気にもとめなかったが、故郷の空がこんなに綺麗で、澄んだ空気がこれほど美《う》味《ま》く、自然がこんなに心を癒してくれることに、あらためて気付かされた。

あの星の一つが夫の雅哉。その横に寄り添うようにくっついて、輝いている少し小さな星が雅直――。

直美には、二人が星になって、自分を優しく見つめてくれている。そんな感じがしていた。

私から家族を奪った相手は絶対に許さない。もし何らかの組織が背後で動いているとしたら、その組織も私の手で必ず潰す。

法が味方になってくれないのなら、私自身が法になるしかない。

被害者の家族がすべて泣き寝入りすると思ったら大間違い。自分の欲や身勝手から人を殺した者は、きちっと死をもって償わせてやる。いまに見ているがいい。

あなたの汚名は必ず私が晴らす――。

直美があらためて星に誓ったときだった。暗がりの中から、二人の男が近付いてきたのに気がついた。

何よこの男たち……直美が顔を強張《こわば》らせて警戒した。

「お姉さん、何をしているんだい」

二十歳過ぎだろうか、若い男の一人が、ずぶ濡れになっている髪を見て、ニヤニヤしながら声を掛けてきた。

「………」

直美が厳しい眼差しを向けて、男たちを無視した。

「一人ですか」

別の男が周囲を見回しながら聞いた。

「……」

直美は返事をしなかった。

男たちを相手にせず、ヒールを手に持ったまま、直美は早足でその場を立ち去ろうとした。

「待てよ、話しかけているのに、無視することはないだろう」

男がいきなり直美の腕を摑んだ。

「何をするのよ！」

直美が声を荒立てて、摑まれた男の腕を振り切った。

「つきあえよ。こんな時間に独りで浜を歩いている。寂しいんだろ？」

別の男が、後ろから直美の体を抱きしめた。

「あっ！」

声を上げた直美が、砂に足を取られて倒れ込んだ。

持っていたヒールが、手から離れ砂の上に落ちた。肩に掛けていた小型のバッグも砂にまみれた。

男が直美を抱いたまま倒れ込む。笑いながら直美の口を手で塞《ふさ》ぎ、そのまま体の上にのしかかってきた。

「うう、うう……」

直美は激しく体を動かした。その目に、真上から見下しているもう一人の男の、笑っている目が見えた。

「おとなしくしろ。互いに愉しめばいいじゃないか」

「うう、うう、うう……」

「偶然の出会い。この出会いを互いに愉しもうと言っているんだ」

体の上に乗った男が、有無を言わせず直美の着ている服を両手で引き裂いた。

海から上がったままブラジャーをしていなかった直美の豊かな乳房が、男の前に剝《む》き出しになった。

「いい乳房だ。思った以上に大きな胸をしているじゃねえか。ときには青姦《あおかん》もいいものだぜ。青天の下で星を見ながら遊び、二人の男と戯れるというのも愉しいぜ」

男たちの目は、獲物を前にした野獣の目をしていた。

男が空いている左手で、乳房を鷲《わし》づかみにした。摑んだ男の手からはみ出した乳房の柔らかい感触が、掌に伝わってくる。

その感触に、男が目をぎらつかせてさらに言う。

「ズボンも脱がせろ、素っ裸にしたら逃げられない」

「素っ裸か、いいな」

立っていた男が、言いながらズボンに手をかけ、脱がせにかかった。

「うう、うう!」

直美は必死でやめてと叫んだ。が、それが言葉にならなかった。

男たちには、ただ嫌がって抵抗している。救いを求めて怯《おび》えている。その程度に呻《うめ》いているような感じに聞こえていた。

「うわー!」

口を塞いでいた男が、突然大声を上げて、顔を歪《ゆが》めた。

男が怯《ひる》んだ瞬間、下から直美が思いきり男の体を突き倒した。その直美の口元は、真っ赤な血で染まっていた。

不意を突かれた男の体が、どさっと真後ろに倒れる。

そのわずかな隙《すき》だった。手元に落ちていたヒールを鷲づかみにした直美は、敏捷《びんしょう》に跳ね起きた。

「ペッ」

直美が口から異物を吐き出した。それは男の人差し指だった。

「ふざけた真似をしやがって!」

別の男が喚きながら、後ろから襲いかかってきた。

「………」

直美が振り向きざま、男の顔面にヒールを叩《たた》きつけた。

「うわー！」

男が絶叫して目を押さえた。そのまま後ろにどさっと尻餅《しりもち》をついた。

細いヒールの踵《かかと》が、男の目にぐさっと突き刺さっていた。

目を押さえた男の指間から、血がしたたり落ちた。

「野郎！」

指を嚙み切られた男が喚きながら、仲間の男の目に突き刺さっているヒールの踵を抜き取った。

「チンピラ、私を甘く見るんじゃないよ。銃弾を頭にぶち込まれたいのなら、さっさとかかってきなさい！　え！　どっちから殺してやろうか！」

直美がはったりをかませた。

素早く砂の上に落ちていたバッグを拾い、手を突っ込んだ。激しい言葉を叩きつけ、二人を睨《にら》みつけた。もちろん拳銃など持っていなかった。

「お、おい……」

男たちは、てっきりバッグの中に拳銃が入っていると思い震え上がった。

血に染まった口元と、射竦《いすく》めるような鋭い眼差しと、鬼気迫る迫力に、萎縮《いしゅく》した男たちは、真っ青になっていた。そしてその場にヒールを投げ捨てて、一目散に逃げた。

「ふー……」

肩で大きく吐息をついた直美の顔も血の気を失っていた。

ホテルへ戻った直美は、潮風に吹かれ、塩水に濡れ、砂まみれになった体と、男たちに汚された体を洗い、すっきりしたかった。

男たちに襲われたことで、迷いが吹っ切れた直美の興奮は治まっていた。

湯の温度を調節して、バスタブに湯を溜《た》めはじめた直美は、着ている服を脱ぎ捨てた。

すでに冷静さを取り戻していた。

眩《まばゆ》いばかりの裸体が露わになる。その伸びやかな肢体は相変わらず美しい。子供を産んだ肉体にはとても見えなかった。

直美は湯気で曇った鏡をタオルで拭《ふ》いた。そして鏡に映る自身の顔を、あらためて見つめ直した。

そこに厳しい眼差しはあったが、以前のように苦悩し、沈み込んだ暗い顔はない。悲しみに打ちひしがれている表情は、どこにも見られなかった。

直美はまた、大城との過去を思い出していた。

あの人は、私の二重顎《あご》が好きだと、いつも言ってくれた。からかい半分に顎を撫《な》でる大城の仕草を見て、子供までが真似して顎を触る。

だがもうそんな褒め言葉を聞くことも、子供と一緒にじゃれることもできなくなった。

それもこれも夫を陥れた犯人のせいだ。憎い――。

直美は小さな、ささやかな幸せまでも奪った犯人を憎みながら、シャワーの栓をひねった。

シャー……。

音を立ててノズルから細い湯が噴き出す。直美はバスタブに体を沈める前に、頭からシャワーを浴びた。

頭に降りかかる湯が、顔と黒髪に当たって跳ね返る。その湯が、乳房から滑らかで丸みのある腹部、そして太股を伝い、肌にまとわりつきながら足下に流れた。

熱めの湯だったからか、白い肌がほんのりと赤みが差してきた。

目を瞑《つむ》り顔を上げて、降りかかる湯を浴びながら、掌で首筋から肩、そして豊かな乳房を撫でるように洗っていた直美は、今後のことを考えていた。

犯人がすぐ近くに潜んでいれば、まだ捜しようがある。だが、東京にはいないかも知れない。すでに海外へ逃亡している可能性も考えられる。

だとすると、自分独りで犯人の足取りを追い、真実を突き止めるのは難しい。捜査をする段階でいろいろと困難を伴うし、たぶん不可能に近いだろう——。

直美はもちろんプロとして捜査の経験はある。だからなおさら個人で行う捜査には、限界を感じていた。

警察も検察も、大城を犯人として、被疑者死亡の殺人事件として片付けられている。

警察は当然目撃者や証拠によって、事件の裏付けを取っているはず。直美は警察がどのような捜査をしたのか。なぜ夫が犯人とされたのか、そこを知りたかった。

そのためには警察の内部情報を掴むしかないと思っていた。

たしかに大城の直属の上司である警部の北本や、里村警部補、同僚の先輩松浦部長刑事たちも力になってくれると言ってくれている。

しかし、協力を頼むわけにはいかない。なぜなら、結果として大城が犯人だと結論づけたのは警察の幹部。

それに警察という組織は、いったん確定した事件を、自ら覆すことはまずしない。署長や間垣副署長、それに事件を担当した検察官も、捜査を否定するような私の行動を応援し、協力してくれるはずはない。

やはり協力してもらうとすれば、日高のおじさんか井原さんしかいない――。

そんなことを考えながら、シャワーを止めた直美は、濡れた長い黒髪をしなやかな指で掻き上げながら、なみなみと湯が張られたバスタブに体を沈めた。

ザザーッと湯がバスタブの縁から溢れ出る。そのこぼれた湯が、勢いよく排水溝に吸い込まれた。

私は何としてでも二人の敵を討つ。そのためにはいまこの時点から、新しい私に変わる。そうだ、明日この黒髪を切ろう――。

直美はすっぱりと気持ちを切り替え、何もかも変えたいと思った。

6

それから一ヶ月――。

直美は、過去の自分を捨て、気持ちに区切りをつけるため、慣れ親しんできた黒髪を、ばっさりと切り落としていた。

もともと目鼻立ちの整った美人である。短く切った髪を明るい茶色に染め、化粧の仕方もまったく変えた直美は、まるで別人のように変わっていた。

だが、それだけではなかった。過去の自分を完全に断ち切るため、新しい自分に変身するために、この一ヶ月をかけて白い無垢《むく》な肌に刺青《いれずみ》を入れていたのだ。

彫りは最後のところまできていた。

すでに豊かな両乳房には、鬣《たてがみ》を振り乱し、大きく口を開け牙《きば》を剝《む》いた沖縄の守り神、シーサーが彫り込まれている。

さらに肩から右上腕部にかけて激しい怒りを込めた阿修羅《あしゅら》の顔が。そして、左上腕部には六本の手を持ち、凜《りん》として世の中を見つめる、三面の美しい顔立ちをした阿修羅の像が彫り込まれている。

だがそればかりではなかった。背中には火焔《かえん》に包まれた憎悪と嫉妬《しっと》、執念の化身である般若《はんにゃ》の面が、大きく口を開けた二匹の毒蛇に絡まれている刺青が彫られている。頭部に突き出した二本の角。耳元まで裂けた真っ赤な口。鋭く尖《とが》った牙。眉間に深い縦皺を作り、カッと見開いた眼。鬼気迫る怒りと激しい憎悪の形相がそこにあった。

「お客さん、よく辛抱しましたね。あと左脚に般若心経を彫れば完成ですよ」

般若心経の経文二六二文字の半分、一三一文字はすでに右足太股に彫り込まれている。彫り師は、左脚太股に経文の残り半分の下字を書き終わり、刺青に使うペイントとマシーンを用意しながら言う。

「ありがとうございます」

直美が浴衣を引っかけたままの状態で、硬いベッドに上がった。

浴衣の下、上半身に下着は着けていない。下半身にはわずかに股間《こかん》を隠す程度の、小さなTバックのショーツを穿《は》いているだけだった。

最初、覚悟を決めて彫り師のもとを訪ねたときは、怖さと恥ずかしさで体がこちこちになっていた。

彫り師は毎日仕事としてやっている。だから「服を脱いで。裸になって」と、ごく当たり前のように言う。

簡単なワンポイントの刺青なら別だが、全身に彫るとなると服を着たままというわけにはいかない。

直美からしてみれば、刺青を彫るためには仕方ないと思いつつも、彫り師は初対面の男。やはり躊躇《ためら》いがあった。

夫以外に他人の前で素肌を見せたことはない。もちろん、薄いショーツを穿いているとはいえ、太股や股間をあからさまに晒したことはなかった。

シーサーを彫り込むのに、彫り師の前で乳房をさらけ出す。般若の面を彫るにも裸になって背中を晒す。自分で決めたとはいえ顔から火が出るほど恥ずかしかった。

が、腕、乳房、そして背中と肌を出し続けると、いつしか恥じらいは薄れていた。

刺青というのは、本来刺青（しせい）と呼ばれていた。入れ墨、彫りもの、TATTOOを総称した呼び名である。

入れ墨は、刑罰の一つとして、犯罪者の腕や顔に彫られたもの。

彫り物というのは、武士の勇姿に魅せられた一般民衆が、その姿に憧《あこが》れて、陣羽織などの絵柄を真似て、膚に彫り込んだというのがそもそもの起源だと言われている。

また、TATTOOというのは、欧米諸国、とりわけイギリスでは、貴族だけに許されていた肌絵のことをいう。

刺青にしろ彫り物にしろ、TATTOOにしろ、刺青（しせい）は、一種の芸術として栄え、民衆の中に入って広がったという経緯、歴史があるのだ。

刺青を彫る方法としては、伝統的な手彫りとマシーン彫りがある。マシーン彫りは手彫りに比べて、十倍以上は早く仕事ができるという利点がある。

そのこともあってか、最近ではマシーン彫りが主流になっている。直美の刺青もほとんどマシーンを使っていた。

「さあ、彫りましょうか」

彫り師が促した。

「はい、お願いします……」

直美が表情も変えず、ベッドの上で仰向けになった。

「それじゃ」

彫り師の言葉に頷いた直美が、浴衣の裾《すそ》を開きゆっくりと股間を広げた。

白く、むっちりした太股が露わになる。匂うような色香が漂う中、平静に対応していた彫り師が、顔の表情こそ変えなかったものの、思わずゴクリと喉を鳴らし、生唾《なまつば》を飲み込んだ。

これまで何人も、何十人もの女に対して、同じ場所、いや、もっときわどい場所に刺青を入れる仕事をしたこともある。

女の秘部を巣窟《そうくつ》に見立て、何匹もの蛇がはい出す図柄を彫り込んだこともある。だが、美人で色っぽい女が、目の前で両脚を広げている。ふと男そのものが顔を出した。

駄目だ、駄目だ、俺は何を動揺している。俺の役目は最高の彫り物を膚に入れること。邪心を抱けば冷静さを欠く。万に一つでも失敗は許されない。

手元を狂わす。これはプロとして絶対にあってはならないことだ。冷静になれ、冷静になって仕上げるんだ――。

彫り師は懸命に自我を自制していた。感情を抑え、精一杯平常心を保ちながら下書きに集中した。

マシーンが唸《うな》る。

直美の股間を覗《のぞ》き込むようにして、仕事に入った。かすかに女独特の匂いが鼻先に漂う。その男の欲情をそそるような、芳しい匂いを嗅《か》ぎながら彫り師は手を動かした。

柔らかく肌理《きめ》の細かい膚を左手の親指と人差し指で皮膚を引っ張り弛《たる》みが出ないよう張りを持たせた。こうすることで綺麗に彫り込むことができるのだ。

直美が反射的に、太股をぴくっと痙攣《けいれん》させた。さすがに背中や腕に彫るのとはわけが違う。股間の秘部ぎりぎりに指が触れていることで、邪《よこしま》な気持ちはないのだが、女として意識しないわけにはいかなかった。

顔を横に向けた直美は、目を瞑ってじっとしていた。これですべてを変えることができると思い、彫り師の腕に身を預けていた。

マシーンが肌に触れる。その都度チクチクした痛みが走る。

初めは激しい痛みがあるのでは、と思って恐怖を感じていたが、意外に痛みは柔らかかった。

マシーンが書いた下字を丁寧になぞる。一字ずつ確実に経文を膚に彫り込んでゆく。肌理細かな白い肌に、じんわりと血が滲《にじ》み出てくる。

血は人を興奮させるという。が、彫り師は、プップッと小さな丸い玉になった鮮血を、ガーゼでこまめに拭き取りながら、淡々と作業を続けた。

7

この女、一体何者なんだ。

一ヶ月前、何も聞かずに彫り物を入れてくれと言って、飛び込んできた。だが、名前も言わなければ、住所も、連絡先の電話番号も言わなかった。

俺は黙って女の要望を受け入れたが、なぜ身元を隠そうとするのだろう。

自分の身元を誰にも知られたくない。俺にどこの誰か知られたくない。そう思う気持ちもわからないではないが――。

若い女が、腕、足首、太股、腰の辺りにワンポイントで刺青を入れることはある。だが、これだけのものを一度に入れるとは、よほどのことがあったに違いない。

化粧といい、染めた髪や服装も、一見、身形《みなり》は派手だが、喋《しゃべ》り方や物腰から見て、暴力団関係者とは思えない。

乳房にシーサーを彫ったこと。そして、毒蛇のハブを背中に彫り込んだところを見ると、この女の出身は、まず沖縄に違いないと思うが——。

いまはだいぶ慣れてきたが、初めここへきたときは震えていた。俺の前に膚を晒したときは、緊張で体を硬く強張らせていた。

それにこの汚れていない美しい膚に、これだけの彫り物をするからには、よほどの事情があるに違いない。

よく女が髪を切るときは、失恋したときなど心境の変化があったとき。過去を捨てようと決断したときだというが、それは素人の女が刺青を入れるときも同じ。

素人の女が自分の体に彫り物を入れるときは、過去の自分を捨てたいとか、何もかも自分のすべてを変えたい、そう思っているときだ。

おそらくこの女にも、自分を変えたい特別な理由があったのだろう。

俺も、もう三十年以上、彫り師を続けている。これまでも守り神のシーサーや般若の面を彫る者はいた。が、両太股に般若心経の経文を彫ってくれと言ってきた者はいない。初めてだ。

背中に入れた毒蛇のハブと、鬼気迫る般若の顔を彫ったということは、誰かに情念とか嫉妬、恨み、憎しみを持っているからに違いない。

しかも、体に阿修羅の仏像と経文を彫るということは、何か仏に懺悔《ざんげ》しなければならないようなことが、この女の身にあったと思われる。

シーサーは魔除《よ》けであり。守り神でもある。そのシーサーを女の命とも言える乳房に彫ったということはよくよくのこと。だが、この女は、何から自分の身を守ろうとしているのだろう。

般若と毒蛇のハブの刺青を自ら指定したということは、おそらく特定の誰かに、激しい怒りや強い恨みを抱いている。いや、誰かを殺そうと考えているのかも知れない。

彫り師は、手を休めることなく直美の柔肌に文字を彫り込みながら、いろいろと想像を巡らせていた。

一方、直美は太股に触れる彫り師の指、膚を痛めつけるマシーンの感触を感じながら、また別のことを考えていた。

これで最後。この経文を彫り終わればすべてが変わる。

完全に、女としての自分、女の直美を捨てることができる。弱い気持ちを断ち切ることができると思い、じっと我慢していた。

痛みを堪《こら》えていた直美は、一文字、一文字彫り進めているのを感じながら、さらに気持ちを整理し、固めていた。

私はいつ死んでもいい。でも、この手で夫と子供の敵を討つまでは、どんなに過酷な生き地獄を彷徨っても、生き続けてみせる。いまは辛抱することよ――。

直美は、彫り師の熱い視線を両太股の間に感じながら、何度も何度も、自身に言って聞かせていた。

もうだいぶ長い間、日高のおじさんにも連絡を取っていない。心配しているだろうな――。

直美は、彫り師の視線を股間に感じながら、あえて日高のことを考えていた。

病院を抜け出して、まだ一度も連絡を取っていない。あれだけ心配をかけ世話になっていながら失礼なこと。人の道に反していることはわかっていた。

が、事件は自分に直接降りかかったもの。いってみれば日高や井原には関係がない。だからなおさら、自分が中途半端な気持ちで顔を見せられなかったのだ。

直美が、体に刺青を彫り込もうと思ったのは、自分の中では一つの儀式と考えていた。

憎しみと怒りを忘れたいという考えもある。が、墨を入れ体を傷つけることで、自らの気持ちをよりはっきりさせたかった。

それに、自分の中では、過去の直美自身を葬り去る一つの儀式だと考えていた。

直美は鬼になりたかった。

心の中に人としての情が残っていては、とても人の命を奪うことなどできない。これを機に自身が鬼になれば、躊躇せずに大城と子供を殺した相手を抹殺できる。

仮にこの肉体を人前に晒すことがあっても、心はいまでも愛する大城と可愛い雅直のもの。誰にも魂までは渡さない。

これから先、いつも私と行動をともにしてくれる三面の阿修羅像も、シーサー像も、私の中では姿を変えた二人の化身。

毒蛇のハブに巻かれている般若の面は、私たち家族三人の怒りだと考えていた。

また、最後に経文を太股に彫り込むのは、女としての気持ちを断つことの証《あかし》。同時に、亡くなった二人を供養するためのものだった。

直美の太股には、着々と墨が入れられ、ほぼ完成に近付いていた。

やっとここまできた。あと十文字が残るのみだ――。

彫り師は手を停《と》めて、ふーっと小さく一息ついて顔を上げた。

直美は目を瞑って動かなかった。実際には起きていたのだが、まるで眠っているようだった。

この女、墨入れを終えたらどこへ行くのだろう。私には何か、鬼気迫るものを感じるのだが――。

彫り師が最後の仕上げに入りながら、何のために刺青を入れたのか、それが気になっていた。

股間の秘部ぎりぎりまで彫っている刺青から、血が滲み出ている。その血をガーゼで拭き取る都度、ひくっと内股が反応する。それが何とも色っぽかった。

秘部はショーツに隠されていて、もちろん見えるわけはない。が、見えないことがいっそう女を感じさせ、匂わせていた。

彫り物を入れていない太股の白い肌も艶《なま》めかしかった。だが、しっとりとした肌に墨を入れた肉体も、また、眩いばかりに美しかった。

男の気持ちを攪乱《かくらん》するほど、怪しい色香を漂わせはじめていた。

しかし、まったくの素人《しろうと》さんが、こうして彫りを進めてゆくにつれて、顔つきも態度も変わってくる。

女は化粧をして外面的に化ける。が、肉体に彫り物を入れることで、気持ちまで変えてしまう。

女の中には魔性が住んでいるというが、まさにこの女を見ているとそんな気がする。

一切身の上話もせずに、口を噤んで何も明かさない。そのことが余計彫り師の気を引いていた。

彫り師は、滲み出てくる血を何度も拭き取りながら、再び、黙って残りの文字を彫りはじめた。

8

刺青が完成して一週間後。直美は東京に戻り、家族で移り住むはずだった大島に宿を取っていた。

夜中にシャワーを浴びた直美は、バスタオルを体に巻いたままの状態で部屋に戻ってきた。

備え付けの冷蔵庫から缶ビールを取り出し、室内の電気を消して、月明かりの射し込む窓際の椅子に座った。

体が温まっているからか、白い肌に彫った刺青が鮮やかに浮き上がっていた。まるで生きているようだった。

そこには以前の姿はなかった。まったく別人の直美がいた。

この大島で泊まるのは今日で三日目。昼間は人目がある。だから日が暮れてから、一時間ほど旅館の近くを散策するくらいで、ほとんど外には出なかった。

その間直美は、これまでのことを、再度頭の中で冷静に整理していた。

警察はなぜ、大城を犯人と断定したのだろう。犯人と断定するには、それなりに物的証拠がなければならない。

焼けた拳銃が事件現場から発見されているが、それが、どうして大城が持っていたものと断定できたのだろうか。焼けた拳銃から指紋が検出されるはずもないし――。

それに、大城がもし自殺をするなら、自分に貸与された拳銃を持ち出し使えば、それで済む。それなのに、なぜわざわざ高いお金を出して、別の拳銃を手に入れる必要があったのだろう。

それに警察は、大城が室内にガソリンを持ち込んで火を点けたと言っているが、これもおかしい。私には信じられない。

万に一つでも、自分のところから火を出せば、周りの人たちに迷惑をかけるといつもいって注意をしていた。

火の始末には、日頃からあれほど神経を使っていた大城が、火を点けたとは考えられない。残った私に迷惑がかかる。それがわかっていながら、絶対にそんなことをするはずはない。

それに損害保険会社から、三億もの大金を強請り取っていながら、自殺をするだろうか。これもあり得ない。

まだある。どんな理由があったとしても、あれほど子煩悩な大城が、我が子を殺すはずはない。道連れにするなど絶対にあり得ない。

かりに大城が身の危険を感じていたとしたら、私や子供に危害が及ばないようにする。

あの人ならきっとそうする。

子供は大城と一緒にいたから殺された。そう、そうに決まっている——。

もし大城が、仕事上の関わりから身の危険を感じ、追い詰められたのであれば、私か身近にいる日高のおじさんか、親友の井原さんに何か相談があってもいいはず。一緒に生活していれば何か異変に気付いたはずだが、そんな素振りは全くなかった。

しかし私は何も聞いていないし、二人に深刻な相談をした形跡もない。

もし大城が何らかの事情から、損害保険会社を独自に調べていた。そこで不正の事実を知ったために殺された。

だとすれば事件の背後には、事実が発覚し表沙汰になることを嫌った者、都合の悪い者が必ずいるということになる。

直美はそれ以外に考えられなかった。

しかし、すべてはこれから始まる。いまはやっと地獄の入り口に立ったばかり。この数ヶ月。私が自分自身の気持ちを殺し、どんな気持ちで我慢してきたか。

その間、夫や子供を殺した犯人は、いまものうのうと生きている。でも、もうその生活も長くは続かない。いまに震え上がるほど極限の恐怖を与え、殺してやる——。

直美はビールで喉を潤《うるお》したあと、携帯電話を手にした。

日高のおじさんに連絡を取るのは久しぶり。迷惑をかけたまま姿を消し心配を掛けてしまった。

もう私は死んだと思っているかも知れない。そのことも謝らなければ……この時間なら家に戻っているだろう——。

午後十一時過ぎ、携帯電話で時間を確認した直美は、覚悟を決めてすぐ日高の携帯に電話を入れた。

発信のコールが鳴り続ける。直美は、無機質な呼び出し音を聞きながら待った。まだ戻っていないのだろうか、と思っていた矢先、やっと電話が通じた。

——はい、日高ですが。

「………」

直美は、日高の声を聞いた途端、目頭が熱くなり喉を詰まらせた。すぐには話しかけられなかった。

——もしもし、もしもし。

「………」

——もしもし、もしもし……もしかしたら直美さんか。

日高がすぐに気付いた。

「はい……」

直美が携帯電話を耳に当てたまま、小さく頷いてやっと声を出した。

——いままでどうしていたんだ。何度も電話をかけたが出ないし、家も覗いてみたがまったく戻った様子もない。死んだかと思ったじゃないか。馬鹿者が！　しかし生きていてよかった。よかった——。

日高も声を詰まらせた。

「おじさん、ご迷惑をかけました。申し訳ありません……」

直美が素直に謝った。

——そんなことは気にしなくていい。もう一度聞く、元気なんだな。大城の後を追ったのではないかと、心配していたんだ。大丈夫なんだな。

日高が何度も念を押しながら、ホッとしたような声を漏らした。

「私は大丈夫です。勝手なことばかりしてすみません。それでおじさん、一つお願いがあります。聞いていただけないでしょうか……」

直美が指先で涙を拭い、俯《うつむ》けていた顔を上げた。

——聞こう、何でも話すといい。だが、今どこにいるんだい？

日高が所在を気にして確認した。

「おじさん、その前に私の話を聞いてください。私にとってすごく大事なことなんです」

直美が遮《さえぎ》って言う。

——わかった。話してみなさい。

「もう一度確認したいのですが、主人が他人を脅しお金を奪って、子供を道連れに自殺したというのは本当なのでしょうか。そんなことは絶対にあり得ないし、信じることはできません……」

直美は、大城には金を奪う理由がないこと。私生活でも、光損害保険とは、まったく接点がなかったこと。

子供のことをいつも考え、心配していた大城が、自分の手で息子を殺すようなことは絶対にあり得ないことなど、直美は自分の考えを繰り返し、事細かに話した。

――わかっている。私も大城がそんなことをしたとは思っていない。子供の喘息を治すために、自ら駐在所勤務を申し出たくらいだからな。

「はい」

――しかし、結果はすでに出ている。そこで直美さん、私からもあんたに確認したい。正直に答えてくれ。

日高が逆に聞いてきた。

「はい……」

――気を悪くしないで聞いて欲しいんだが、直美さん、あんたは本当に三億円のことを、大城から聞いていないんだな。

日高が再度確認した。

「おじさん、まだ主人を疑っているのですか。それなら、私の話は打ち切ります」

直美が言って電話を切ろうとした。

——待て、待ちなさい。最後まで私の話を聞くんだ。私も大城が犯人だとは思っていない。

「だったらなぜ、お金のことを持ち出すんですか。大城がお金を奪うなんて、絶対にあり得ません。

——わかっている。私も大城が奪ったとは思っていない。そこでもう一つ確認させてくれ。大城が拳銃を隠し持っていたようなことはなかったんだな。

日高がさらに念を押した。

「大城は、そんな男性ではありません。何のために家で拳銃を隠し持つ必要があるんですか。貸与された以外の拳銃を持っていたことなど、一度もないし、絶対にあり得ません」

直美が語気を強めた。

——わかった。あんたの言葉を信じよう。実は、大城が亡くなったあと、どうしても納得できないことがあって、私なりに独自で調べてみた。その結果、いろいろと矛盾点が出てきたんだ。

日高が疑問を口にした。

「矛盾点が？」

直美が聞き返した。

——うん、それで直美さん、あんたと会って、そのことも詳しく話したいと思っていたんだ。

「話してください」

——いや、電話で話せるようなことではない。ただ、これだけは言える。まだはっきりした証拠は摑んでいないんだが、聞き込みの過程で、ある者から重要な証言を得ることができた。

「重要な証言を？」

——その件も含めて、今後のこともある。だから会って話したいんだ。

日高が説得した。

「わかりました。私もお話をしたいことがあります。おじさん会う前に約束をしてくれますか」

直美が考えながら厳しい口調で言う。

——言ってみなさい。

「はっきり言いますが、私はおじさんと井原さん以外、誰も信じられません。捜査一課の同僚も上司もです。ですから私と会うことを、他の警察官には絶対に話さない、おじさん独りで来ると約束して欲しいんです」

直美が念を押すような言い方をした。

大城が殺人者にされ、自殺したと結論づけられたいま、直美は警察組織そのものに強い不信感を抱いていた。

ただ日高は、以前事件に巻き込まれ最愛の家族を亡くしている。それに井原は大城が心を許した親友だった。だからこの二人だけは、他の警察官に向ける感情とは違っていた。

日高は自分たちのことを、本当の家族のように、いや、実の息子や娘、孫のように可愛がってくれていた。

そんな日高なら、きっと気持ちを理解してくれる——。

直美はそう思っていた。

——心配しなくていい。もちろん誰にも話さない。約束する。実は、私も大城の自殺には未だに疑問を持っている。払拭《ふっしょく》しきれないんだ。

日高が気持ちの一端を吐露した。

「おじさんも、ですか、わかりました。では、二日後、明後日の夕方、午後五時品川の駅前にある『グランド・イン品川』というホテルに来ていただけますか。部屋を予約しておきます」

直美が自分から日時を指定した。

もう二度とこの大島に来ることはない。だからせめてもう一日残り、気持ちの中で家族三人で過ごしたい。そんな気持ちになっていたのだ。

——明後日の午後五時、品川駅前にあるホテル、グランド・イン品川だな。わかった。

「わがままを言って申し訳ありません。それじゃおじさん、待っています」

直美が言って電話を切った。

第三章　鬼の化身

1

午前六時過ぎ、現場は騒然としていた。

刑事や鑑識課員が慌ただしく動き回っている。

そこは東京・北新宿にあるマンションの一室。三階のベランダは水色のシートで覆われ、外部と遮断されていた。

まだ焦げた匂いが漂っている部屋の中では、浴槽に入れられた男の検死が始まっていた。

「これじゃ顔の判断はできないな。男の身元はわからないのか──」

警部の北本が、遺体に目を凝らしながら聞いた。

遺体は顔が主に焼けている。焼け爛《ただ》れている顔には、まだ燃えた繊維の残りかすが付着していた。

「残されている運転免許証と名刺から、大城の事件があったあと、姿を消していた光損害保険の取締役、浜田博士ではないかと思われます」

「浜田博士が、なぜ今ごろ……」

ベテランの松浦部長刑事が、頷《うなず》きながら眉《まゆ》をひそめた。

「狭間《はざま》、念のため保険会社に連絡を取ってみてくれ」

遺体から目を外した警部補の里村が言う。

「わかりました」

目つきの鋭い、精悍《せいかん》な顔つきをした狭間が返事をして、肩幅の広いがっしりした体を揺するようにして、その場を離れた。

「頭部を真正面から撃たれている。他にこれといった傷もない。おそらくこれが致命傷だな」

検死をしていた警部の北本が、呟《つぶや》くように言う。

「はい」

里村が頷いた。

「射入口の上に繊維が付着しています。ということは、殺したあと何か布のようなものを顔において、ガソリンのようなものを振りかけて火を点《つ》けた。そういうことになりますかね」

鑑識課の日高が、遺体の写真を撮りながら言う。

大城のときと手口は同じ。撃ち殺したあと火を点けている。間違いない——日高は殺しの手口から大城の事件と関係があると直感した。

「そうだな。間違いあるまい。おい、銃声を聞いた者がいないか、周辺の聞き込みをしてくれ」

北本があらためて、傍《そば》にいる刑事たちに指示した。

「しかし警部、この部屋を見る限り、女物の靴も服もないし、子供のものも見当たらない。荷物らしいものはほとんどないし、第一生活感がありません。ということは、ずっとここに隠れていたんですかね」

松浦が険しい顔をして言う。

「そういうことになるな——」

北本が同調して頷いた。

「殺すだけでは飽きたらず、顔まで焼くとは、惨いことをするものだ」

松浦が吐き捨てるように言う。

「部屋の中に争った形跡が見当たりません。警部補、わざわざ顔を焼いたということは、顔見知りの犯行ですかね」

日高が聞いた。

一般的な殺人事件の場合、犯人と被害者の関係が近く、親密であればあるほど、死者の顔を見たくないという心理が働く。だから顔を隠すという行為に出る傾向がある——日高はこれまでの経験から、顔見知りの犯行と推測していた。

「そうですね。しかし、被害者の服がべとべとに濡《ぬ》れています。どういうことですかね」

松浦が、再び遺体を見つめて言う。

「血を流すためにシャワーを使った。つまり、頭や体が濡れているから、揮発性のようなものを、渇いたタオルなどにしみ込ませて、火を点けたんじゃないですか」

日高が状況から判断して言う。

互いに所属する課は違っていても、五十歳を過ぎたベテラン同士。豊富な経験から現況を分析し、推測しながら話し合っていた。

「しかし、犯人はなぜ顔だけを焼いたんですかね。被害者の身元を隠そうとするのならわかるんですが、それにしては、免許証などの身分証明書はそのまま残している。これじゃ頭隠して尻《しり》隠さずです」

松浦が首を傾《かし》げた。

「たしかに松浦部長が怪訝《けげん》に思うことは一理あります。ただ、犯人は身元を隠すつもりはなかったんではないですかね。私には何か別な理由があるように思えてならないんですが」

「他に理由が？」

「日高部長、どんな理由があると考えているんだ」

警部の北本が口を挟んだ。

「わかりません。わかりませんが、私には、見せしめではないか。そう感じるんですが――」

「見せしめ？　どういうことだ」

「これはあくまでも私の推測ですが、この被害者は、家の中で、しかも浴室に入れられ顔を焼かれています。そこに犯行の特殊性、犯人の意図が見て取れます」

「誰に対する見せしめだ」

「わかりません。しかし、この犯行現場を見る限り、単なる痴情や怨恨《えんこん》を動機とする殺人事件とは思えません。これだけ特異な殺し方をしていれば、マスコミは連日連夜、報道すると思います。私の考え過ぎかも知れませんが、マスコミを通じて、誰かにメッセージとして送っているのではないでしょうか」

日高が自分の考えを吐露した。

「なるほど」

松浦が厳しい表情をして頷いた。

「もし見せしめでなければ、よほど被害者に対して、憎悪や怒りを抱いている者の犯行だと推測されます。しかし、殺すことだけが目的であれば、射殺したことで犯人の目的は達しているわけですからね」

日高がさらに説明を続けた。

「しかし人を殺したときの心理は、まともではないはずです。殺害したとき、咄嗟《とっさ》に身元をわからないようにしなければと考えた。その可能性もあると思うのですが――」

松浦が顔の前に落ちた、白髪交じりの髪を掻《か》き上げながら言う。

「もちろんその可能性は否定しません。ただ、人を殺すということは大変なことです。犯人側によほどの余裕がなければ、顔だけを焼くようなことはしないと思うんです」

日高の気持ちに、納得できない何かが引っかかっていた。

「たしかに……」

松浦が大きく頷いた。

「日高部長、先入観を持たないでくれ。検死と解剖の結果を待ち、今後の聞き込みの状況から、冷静に判断しなければ、捜査の方向を間違えることになる」

里村が二人の話を聞いていて、眉間《みけん》に縦皺《たてじわ》を寄せた。

「たしかにこの遺体を見る限り、特異な手口と見るしかない。ただ、人を殺害するときは異常な興奮状態にある。人が精神的な極限状態にあるとき、常識では考えられない行動を取ることがある。その辺りを冷静に見ながら捜査を進めるべきだ。今の段階で先入観を持つべきではない」

北本が厳しい顔をして言う。

「申し訳ありません」

日高は逆らわずに口を噤《つぐ》んだ。

自分は鑑識が専門。具体的な物的証拠に基づいて事件を見、判断するのが自分の役割。推測でものを言うべきではない。

北本警部も里村警部補も、松浦部長も捜査一課の人間。刑事は刑事としての見方、考え方があって当然。と思い直し、日高は一歩引いて話に耳を傾けた。

鑑識課の部下が、日高を呼んだのはそんなときだった。

「主任、ちょっといいですか」

「ん?」

日高が遺体の傍を離れ、浴室から外に出た。

「犯人は複数のようです。このリビングの床を見てください。サイズの異なる足跡が三つ、薄く残っています」

「なるほど、靴が水に浸《つ》かり、渇いたようだな——」

日高が腰を屈《かが》め、透かすようにして床に目を凝らした。

部下の言うとおり、足跡はくっきり残っていた。

「初めから被害者を殺すために、無理やり押し入ったのは間違いないですね、それから、ドアの鍵《かぎ》は閉まっていなかったようですから、その押し込んだ三人は、被害者と顔見知りという可能性もあります」

「うん、わかった」

日高が頷いてじっと考え込んだ。

2

コンコン──。

浜田の遺体が発見された翌日の午後五時ちょうど。日高と約束をした時間ぴったりに、ドアがノックされた。

直美は、白いガウンを身に着けたままの姿で、ゆっくりとベッドから起き上がり、ドアへ近づいた。

念のため、ドアの覗《のぞ》き穴から部屋の外を確認した。外に立っているのは間違いなく日高だった。

ドアを開け、日高を部屋へ迎え入れた直美は、表向き表情は変えなかった。

が、久しぶりに日高の顔を見て、直美はなぜか父親と会ったときのような、安堵《あんど》感を覚えた。

「おじさん、本当にご迷惑をお掛けしました。申し訳ありません」

頭を下げて謝った直美は、涙一つ流さず冷静に迎えた。

「元気だったか。しかし無事でよかった。で、これまでずっとホテルを泊まり歩いていたのか——」

日高がガウン姿の直美から視線を外し、部屋の中を見回しながら聞いた。

「いえ、気持ちの整理をするために、沖縄に帰っていたんです」

「そうか——」

「おじさん、ビールでいい？」

直美が話を中断して聞いた。

「ああ」

日高はおやっと思った。

何か人が変わったというか、姿を消す前の直美とは髪型はまるっきり違うし、雰囲気そのものが、まるで別人のような印象を受けた。

姿を消していた数ヶ月の間に、こんなに印象が変わるとは——。

冷静すぎるほど冷静で、落ち着いている直美の態度を見て、日高は何か重い悲壮感に似たものを、敏感に感じ取っていた。

「どうぞ」

直美が備え付けの冷蔵庫から、缶ビールを持ってきて、椅子《いす》に腰を下ろした日高に手渡した。

「ありがとう」

日高が受け取った缶ビールの栓を外し、ごくごくと喉《のど》を鳴らした。

「おじさん、お話をする前に、見て欲しいものがあります」

直美が立ったまま真顔になって言う。

「ん？　何をだ……」

日高が缶をテーブルの上に置いて、顔を向けた。

「これを見てください……」

後ろを向いて声をかけた直美が、いきなり着ていたガウンを肩口から腰元まで、何の躊《ちゅう》躇《ちょ》もなくするりとずらした。

「直美……」

日高が絶句した。

一瞬目を疑った。信じられなかった。ビールを飲むのも忘れて、ただ唖然《あぜん》としていた。

なぜこんなことを――

白く透き通った綺麗《きれい》な肌に彫り込まれている鬼気迫る般若《はんにゃ》の面と毒蛇が、いきなり目に飛び込んできたのだ。

「顔を背《そむ》けないで見てください……」

直美は恥ずかしがることもなく、ゆっくりガウンを脱《ぬ》いだ。

「………」

いままで直美に女を意識することなど、一度もなかった日高が、思わず息を飲んだ。

直美は何も身に着けていなかった。生まれたままの美しい肉体が、惜しげもなく目の前に晒《さら》されている。伸びやかな肢体は、しっとりした女の艶《つや》があった。

直美のことを、実の娘のように思っていた日高は、目のやり場に困った。が、見事な彫り物から視線を外すことはできなかった。

一夜にして、直美が大人の女に代わった。そんな錯覚さえ覚えていた日高は、まるで夢か幻でも見ているような感じがして、すぐには言葉を出せなかった。

「おじさんが言いたいことは、よくわかっています。でも、怒らないでください。いま私がしていることを理解できないとは思いますが、私は冷静ですから……」

直美は、驚いた顔をしている日高の前で、脱いだガウンを持ち、手で乳房と体の前を隠し、後ろを向いたまま話しかけた。

「………」

黙って頷いた日高の前に美しい裸体が見える。

背中から丸く持ち上がった臀部《でんぶ》。そして、引き締まった腰からすらっと伸びた脚。その体線は眩《まばゆ》いほど美しく、見事というしかなかった。

が、注がれた日高の目は直美の肉体にというより、彫り物に向けられていた。

太股に真っ赤な色で書き込まれている漢字の文字。何を書いているかは読めなかったが、背中に負った般若の面や、両腕に彫られた修羅《しゅら》の顔。

日高はその彫り物から、直美が何を考えているのか理解できていた。

「馬鹿なことを、と思うかも知れません。でも、具体的な話をする前に、どうしてもこの彫り物を見てもらいたかったのです。私の覚悟を知っていただくためにも……」

直美が表情一つ変えずに淡々と話した。

「叱《しか》りはしないが、その太股に彫っているのは？」

「般若心経《はんにゃしんぎょう》の経文です」

「般若心経？」

「はい」

「直美がこれだけのものを、体に彫り込んだということはよくよくのこと。それなりの理由、考えがあってのことだと思う。ただ、なぜ彫り物をしたのか、はっきりした気持ちを聞かしてくれないか」

日高が険しい表情を見せ、あえて聞いた。

直美が思い詰めていることは、容易に想像はつく。後追い自殺をせずに生きていてくれてよかったと思いながらも、直美の口から直接真意を聞きたかった。

「私はすべてを話すつもりで、おじさんにここへ来てもらいました」

再びガウンを着た直美が、彫り物を隠して振り向いた。

「直美、正直に本心を聞かせてくれるな」

日高が気を取り直し、落ち着いた口調で言いながら、射竦《いすく》めるような厳しい眼差《まなざ》しを突きつけた。

「はい……警察と検察は、主人の大城が我が子を殺したと結論づけ、被疑者《ひぎしゃ》死亡ということで、早々に捜査を打ち切りました。でも、私はどうしても納得できないんです」

「うん、それで?」

「私も時間をかけて、冷静に考えました。でも、大城は絶対に人を殺していません。私にはわかります。これは冤罪《えんざい》です」

直美が日高の目を見てはっきりした口調で言う。

「しかしな……」

日高が眉をひそめ言葉を窄《すぼ》めた。

「殺人者の汚名を着せられたままでは、大城も子供も浮かばれません。警察は真実を見つけてくれる、真犯人を捜してくれるものと私は信じていたし、祈るような気持ちで頼りにしていました。でも、私の家族に災難が降りかかってみて、警察は信用できない警察を信じたことが間違いであることに、はっきり気付きました」

直美が、溜《た》まりに溜まっていた不満と不信を、一気に吐き出した。

「直美、気持ちはわかる。だが、なぜそう思った。大城が犯人ではないという確証でもあるのか」

日高はもっと具体的に聞きたかった。

「大城は、三億円もの大金を脅し取り、罪の意識から子供を道連れに自殺した。副署長の間垣警視や直属の上司だった北本警部、里村警部補から、それぞれ同じような説明を受けました」

「うん」

「大城が何のために、三億円ものお金が必要なんですか。もし、他人のお金、それも大金を必要とするほど、切羽詰《せっぱつ》まった状況に追い込まれていたとしたら、私が気付かないはずはありません」

「…………」

「奪ったとされる現金の行方は、未《いま》だにわかっていないじゃありませんか。発見されたのですか？　損害保険会社から被害届が出ているのですか」

「いや……」

「会社側から被害届も出ていないし、結局お金のことはうやむやになり、大城は、子供を殺したということで事件は処理されました」

直美が悔しそうに唇を噛《か》んだ。

「………」

「大城は、自分が刑事であることに誇りを持っていました。警察の不祥事が続いて、仕事がやりにくくなっても、俺は困った人を助けるんだと、いつも言っていました。そんな大城が……」

直美が自分の思いを露《あら》わにし、また悔しそうに唇を震わせた。

「そうだな」

日高も同調して頷いた。

「それから、大城が貸与された拳銃以外の銃を、密《ひそ》かに隠し持たなければならない理由はありません」

直美がはっきり否定した。

「うん――」

眉間に深い縦皺を寄せた日高が、小さく頷いた。

「あれだけ子供の喘息《ぜんそく》を気にしていた大城が、なぜ子供を道連れにして、自殺をしなければならないのですか。そんなことは絶対に考えられません」

直美がさらに強い口調で否定した。

「たしかにそうだな――」

日高が難しい顔をして何度も頷いた。

「おじさん、一つお聞きしたいのですが、大城が仕事に行き詰まり、職場で悩んでいたようなことがあったのでしょうか」

直美があえて確認してみた。

「私の知る限りだが、大城が悩みを抱えているような素振りは、なかったと思うが――」

日高が考え込んだ。

「おじさん、警察がいったん処理した事件を再捜査しないことはよくわかっています。でも、このまま諦《あきら》めるつもりはありません。大城の冤罪を晴らすためにも、私の手で真犯人を捜します。主人の名誉を回復するためなら、私は地獄に堕《お》ちても必ず真実を確かめてみせます」

直美は自分の意思をはっきり伝えた。

「しかし直美、おまえ独りで、どうやって犯人を捜すつもりだ。警察はおまえが言ったように、決着のついた事件について再捜査はしないし、警察の協力を得ることはまず難しい」

大城の敵《かたき》を討《う》つため、彼女は自分を捨てた。あの綺麗な膚に刺青を入れたのはそのためだった。

日高は厳しい表情を見せながら、あらためて直美の覚悟を見たような気がした。

「構いません。私は一切警察を頼るつもりはありません。私ひとりでも、必ず真犯人を突き止めてみせます」

「………」

「たしかに、私ひとりの力がどんなものか、警察の組織とは違い、微々たるものだということは、よくわかっているつもりです」

「うん……」

「おじさん、真実を突き止めてくれという、大城の叫びが、私には聞こえるんです。主人も子供もどんなに悔しい思いをしているか。でも、もう自分の意思でものは言えないんです。警察が事件を解決済みとして捜査を打ち切った以上、私が主人や子供に代わって真実を暴かなければ、二人は死んでも死にきれません」

直美が悔しさを滲《にじ》ませた。

3

「直美、はっきり聞くが、私をここへ呼んだのは、捜査のやり直しに協力して欲しいということだな」

日高が考えながら、鋭い眼差しを向け、念を押すように確認した。

「私が信じられるのは、おじさんか井原さんしかいません。大城は無実です。無実の者が殺人者としてのレッテルを貼《は》られることに、私は我慢できないんです。無理にとは言いません。でも、もし協力してもらえるのでしたら、力を貸して欲しいんです」

直美が正直に気持ちを吐露した。

顔を上げ真剣な眼差しを向けて、じっと日高の目を見つめ、返事を待った。

「直美、おまえの気持ちは痛いほどわかるが、私は現職の警察官だ。勝手に再捜査をするとなれば、捜査一課、いや、警察の捜査そのものを、私自身が否定することになる――」

日高が言葉を濁し、直美の顔に抉《えぐ》るような眼差しを向けた。

「おじさん、協力していただくことが難しいなら、はっきりそう言ってください」

覚悟をみせた直美が、真《ま》っ直《す》ぐ日高を見据えた。その目には思い詰めた感情がはっきり表れていた。

「………」

直美は間違いなく復讐《ふくしゅう》を考えている。おそらく私が協力を断っても、もう後には引かないだろう。

日高に、直美の真剣な気持ちがひしひしと伝わってきた。

「私はこのまま黙って泣き寝入りはしませんし、するつもりもありません」

「一瞬にして夫と息子を失い、後追い自殺まで図ったおまえの気持ちは理解できる。そのショックは、想像以上のものだったと思う。おまえが妻として納得できないのは当然だが、考え直す気はないか」

「私は独りでも、大城と子供を殺した相手を捜します。事件を調べ直して、真実をはっきりさせることができるのは、残された私しかいないんです」

直美が激しい口調で言う。

「正式にはすでに終わった事件だ。その事件を、再度掘り起こすことになる。場合によっては警察を敵に回すことになるが、それでもいいのか」

日高がさらに強く念押しした。

「もうすでに警察は、私たち家族を見捨てています。法律も私を見放し、救《たす》けてはくれません。これ以上、私が世間や警察に気を使う必要はないと思います」

直美が冷静な口調で言い切った。

「直美、私はたしかに現職の警察官だが、はっきり言って、おまえが思っているような期待に応《こた》えられないかも知れない」

日高が否定的に答えた。

「わかりました。おじさんの手を煩《わずら》わせることはしません。ただ、犯人を捜し出すための知恵を、おじさんに教えていただきたいんです」

直美は気持ちを訴え続けた。

「警察は私とおまえが、親娘のように親しくしていることは知っている。しかも私は捜査一課ではなく、鑑識課で仕事をしている。そんな私が、警察の内部情報を引き出すのは難しい。現実の問題として、どれだけの協力ができるかわからない」

日高がじっと直美の目を見つめた。

「構いません。おじさんが、私の味方だと思えるだけでいいんです」

「私自身も妻と子供を殺されたとき、殺してやりたいほど犯人を憎んだ。だから、おまえの気持ちも、いま何を考えているかもよくわかる――」

腸《はらわた》が煮えくりかえるようなあのときの悔しい気持ちは、二十年経《た》ったいまでも消えていない。おそらく直美自身も同じだろう。

犯人を捜し出し、自分の手で殺してやりたいと思う気持ちは、自分や直美だけでなく、身内を殺された者なら、誰でも持つ正直な感情だ。

憎悪や強い怒りの感情、そして相手に復讐するという覚悟を、直美は自らの肌に刺青を入れることによって表すしかなかった。

おそらく辛さや悔しさなど、感情の持って行き場がなかったのだろう。肉体に彫り込んだ刺青がその強い意思の表れだ。

日高はそんなことを考えながら、直美の言葉に耳を傾けていた。

「警察や法律が敵を討ってくれないのであれば、自分で敵を討つしかありません。もう一度お願いします。おじさん、協力していただけないでしょうか」

直美が険しい表情をして、再度頼み込んだ。

「直美、はっきり言うが、復讐を考えるのは止めなさい。気持ちはわかるがおまえはまだ若い」

「………」

「過去のことを忘れろと言っても、忘れられないのはわかる。無理に忘れる必要はないが、復讐のために自分を捨てるより、願わくば、この先直美が幸せになることを、選択して欲しいと思っている」

日高が、じっと直美の顔色を窺《うかが》いながら説得した。

「無理です。幸せなど忘れました。大城と息子を殺されたいま、私に幸せなどあり得ません。もし私に幸せが来るとしたら、二人を殺した犯人を捜し出し、私の手で復讐を遂げたときです」

直美が睨《にら》みつけるような厳しい目を向けて、激しい口調で言う。

「そうか――」

日高が眉をひそめて視線を外した。

「わかりました。おじさんの立場も考えないで申し訳ありません。仕方がありません。私ひとりで事実を確かめます」

直美が協力を願うのを、断念するような言い方をした。

「直美、感情に走るんじゃない。少しでも冷静さを欠き、感情に走ればおまえの負けだ」

「………」

「大城は私の息子、雅直は私の孫のような存在だった。娘のようなおまえが、そこまで覚悟しているのならもう何も言うまい」

「それじゃ……」

「わかっている。私にどの程度の協力ができるかわからないが、私も大城の死が納得できず、調べを続けていたんだ」

日高が初めて自分の気持ちを吐露した。

「おじさん……」

直美が初めて目をうるませた。

まさかと思った。日高が夫の自殺に疑問を持ち、独りで調べてくれていたことが嬉《うれ》しかった。

「情けない声を出して。さっきの強気はどうした」

日高が目を細め慰めるように言う。

「ありがとう、おじさん……」

直美が形振《なりふ》り構わず、日高の胸に飛び込んだ。

味方ができてホッとすると同時に、日高の気持ちがわかった途端、溢《あふ》れてくる涙を抑えられなかった。

胸の内側から、突き上げてくる熱い感情に襲われ、目の前が霞《かす》んで、日高の顔がぼやけた。

「辛かったんだな。独りで苦しい思いをさせたようだな――」

日高が、直美の体をしっかり受け止め、我が娘を愛《いと》おしむように頭を撫《な》でた。

「………」

直美は忘れていた父親の胸板と、温もりを感じていた。

「直美、泣いている暇はない。これからの方がもっと苦しい。毎日が茨《いばら》の道だぞ」

「はい……」

「さあ、そこへ座って。大事な話がある」

日高が、優しく直美の肩を押し、体を引き離しながら言う。

「…………」

直美がガウンの袖《そで》で涙を拭《ぬぐ》いながら、ベッドに腰を下ろした。

「初めに言っておくが、よほどのことがない限り、今日を境に私たちはこうして接触するのを止める。連絡はすべて携帯電話で行うことにする」

日高が真剣な眼差しを向けた。

「えっ、なぜですか？」

「さっきも言ったとおり、警察は私たちの関係を知っている。かりに私が警察の中で摑《つか》んだ情報をおまえに知らせたら、どうなると思う？」

「…………」

「問題は、私やおまえの周りで何かが起きたとき、私たちが直接接触していれば、警察はすぐ目をつける。そうなっては、私もおまえも動きが取れなくなる。そうだろう」

復讐をするということは、相手を殺すということだが、日高はあえてその言葉は伏せて、言い含めるように話した。

「はい……」

直美も、たしかにその通りだと思った。

自分は情報をもらえばそれでいい。実際に手を掛けて殺すのは自分だが、万が一のとき、日高と一緒であれば共犯者として見られ、迷惑をかけることになる。直美はそう考えたのだ。

「直美、私と約束できるか」

日高がきつく念を押した。

「約束します」

直美が日高を見据えて頷いた。その目にもう涙はなかった。

「それからもう一つ。何があっても、どんな危機的な状況に立たされ、陥っても、私たちが交換した情報や話したことは、決して他人に漏らさないこと。いいね」

「はい、いったん胸に納めたことは、地獄まで持って行きます」

「それだけの覚悟があればいい。ただし、連絡は密にすること。困ったことがあったら直ちに知らせること」

日高が、あえて井原のことは口に出さず、注文をつけた。

「わかりました」

直美が緊張した面持ちで頷いた。

4

「直美、実はだな、すでにおまえも知っているかも知れないが、昨日、大城と関わりがあったといわれている、保険会社の浜田博士が新宿のマンションで射殺された」

日高が浜田の死をあらためて口にした。

「えっ？　浜田博士が？」

直美が耳を疑った。

部屋に籠《こ》もっていても、考えることは大城と子供。そして犯人に対することばかり。だからテレビは一切見ていなかった。

「しかもだ、遺体は射殺されたあと顔が焼かれていた。何か感じないか」

「拳銃と火が使われているところが、大城の事件と手口が似ていますね」

「その通りだ。大城たちの事件は、何度も言うように、いまさら覆《くつがえ》すことはできない。だが、大城が殺されたのは間違いない」

日高が本音を吐露した。

「ありがとうございます……」

直美は涙が出るほど嬉しかった。

あらためて自分の味方になってくれている日高の気持ちに、内心感謝していた。

「私は昨日、浜田が殺された現場へ行ってきた。そこで遺体の状況を見て気がついたことがある。惨い写真だが、嫌でなければ現場の写真を見てみるか」

日高が厳しい顔をして言う。

「はい、見せていただけるのでしたら」

直美は一瞬表情を曇らせたが、日高の目を見つめて頷いた。

惨い現場写真といえば、死体の写真に決まっている。普通なら顔を背けたくなるのだが、いまの直美は気にならなかった。平気だった。

日高はスーツの内ポケットから、茶封筒を取り出した。そして、中から写真を摘《つま》み出し、直美に手渡した。

「………」

直美はその写真を黙って受け取り、被写体に目を移した。

そこには、顔を焼かれた浜田の遺体が、写っていた。

「この写真を見てわかると思うが、かなり特異な殺し方をしている。犯人は、頭を銃で撃ったあと、顔を焼いた」

「ええ……」

直美がじっと写真に目を凝らした。

「直美、この遺体を見て何か感じることはないか」

日高があらためて聞いた。

「………」

「その現場写真から見えるのは、浜田が殺された事件と大城の事件に、いくつかの共通点があるということだ」

「共通点が？」

「うん、一つは犯行に使われた拳銃だ。たしかに大城が亡くなったとき、現場から焼けた拳銃が出てきた。そのことは理解しているな」

「はい……」

「同一の銃ではないが、大城が自死に使ったと言われている拳銃は、ブローニング三十八口径の自動式拳銃だった」

「はい」

「殺された浜田の体内から発見された弾頭から、使われた拳銃はやはり同じブローニングの三十八口径、自動拳銃であることがわかったんだ」

日高が具体的に話し始めた。

「同じ種類の拳銃ですか。おじさん、どういうことですか」

直美が厳しい表情をして聞き返した。

「拳銃は売っていない。必要であれば闇で買うしかない。まだ確証はないが、同じ種類の拳銃が使われたということは、拳銃の出所が同じという可能性があるということだ」

「つまり、二つの事件は繋《つな》がっている。おじさんはそう考えているのですね」

「その通りだ」

「でも、同じ種類の拳銃だとしても、出所が同じとは限りません。偶然かも知れないじゃないですか」

直美が首を傾げた。

「私は偶然とは思わない。浜田が殺された現場には、複数の足跡が残っていた。つまり、犯人は一人ではないということだ」

「もし拳銃の出所が同じであれば、犯人も同一という可能性が出てくる。犯行の手口と使われた拳銃から、私はそう思っている」

「…………」

「それからもう一つ、大城が関わったとされる事件の当事者、浜田博士が大城に続いて殺された。このことからも事件の繋がりが見て取れる」

「はい……」

直美が大きく頷いた。

「事件に関わりのある二人が殺された。これは裏を返せば、他に二人を殺した相手がいるということだ。私はそこが気になる」

「ええ……」

「理由はまだはっきりしないが、おそらく何らかの事情から、大城と浜田が生きていては都合の悪い者がいると考えられる」

「事件の本質を知っている者がいる、ということですね」

「そうとしか考えられない。しかも犯人は複数だ。浜田が殺された事件現場に、サイズの異なる三つの靴跡が残されていた」

「組織的な犯行ということですか。なるほど、この二つの事件に、三億という大金が絡んでいるとしたら……」

直美は、この大金が犯行の動機になったのかも知れないと思った。なんとなく納得できるような気がした。

「おそらく間違いないだろう。三億もの金を個人が独りで強請《ゆす》り取れるとは思えない」

日高も同調した。

「でも、そのお金は一体どこに……」

直美が怪訝な顔をした。

「いや、ちょっと待て。私たちは考え違いをしているのかもしれん」

「考え違い？」

「大城が最初にかけられた容疑は、三億円の強奪だった。その責任を感じて大城は自殺したことにされ、事件は処理された。だが、結局、保険会社からの被害届は出されなかった」

「ええ」

「結果として、大城は成立しなかった恐喝事件のために、自ら命を絶ったということになる。こんな馬鹿な話はない」

「はい」

直美もその通りだと思い、唇を嚙みしめた。

「かりにだ、保険会社が三億もの大金を取られていながら、被害届を出さなかったとしたら、そこに何らかの事情があるはず。いや、必ず表には出せない裏の事情があるはずだ」

日高が強い疑いを口にした。

「私もそう思います」

直美が瞬《まばた》きもせずに、じっと日高の目を見つめた。

「直美、私たちはこれまで、三億の金が強請り取られていると思っていた。だが、その事件が初めからなかったか、あるいは、作為的に被害を取り下げたとしたらどうなる」

日高が事件そのものの存在を疑った。

「初めからなかった？　とすると誰かが事件をでっち上げて、大城に責任を取らせた。いえ、大城ははめられたということになりますね」

直美はやはりと思った。

警察官に憧《あこが》れ、自分から希望して警察の職に就いた大城が、他人を恐喝したり、お金を強奪するはずはない。

それに、大城は貸与された拳銃以外の銃を持っていた。それも納得できない。第一、そんな拳銃を隠し持たなければならない理由はない。

直美は、大城を信じていただけに、日高の言葉が素直に入ってきた。

「はめられた可能性はある。考えられることは、なんらかの事情から大城は事件の本質を知った。だから殺された。つまり犯人側から見れば、大城は邪魔な存在だった。そう考えれば辻褄《つじつま》が合う」

日高がはっきり第三者の犯行を示唆《しさ》した。

「はい……」

直美が大きく頷いた。

「それからもう一つ。実は、自宅が火災に遭ったとき、犯行現場から逃げてゆく複数の男が目撃されている。その男たちが事件と直接関わっているかどうか、まだはっきりしないが、今度の浜田が殺された事件も、複数の人間が関わっている。そこが符合し共通する」

日高は、複数の男というところに着目していた。

「三人の男ですか……」

直美が眉をひそめ頭を抱え込んだ。

瞼《まぶた》の裏に、燃え上がっていた真っ赤な炎が、鮮明に浮かび上がった。

犯人は大城を殺害したあと、証拠を隠滅するために、子供がいるのを知っていながら火を点けた。そればかりか罪をなすりつけた。許せない——。

直美は、込み上げてくる激しい怒りと、胸の中に突き上げてくる腹立たしさに、小さく震えはじめた下唇を噛みしめた。

「はっきりしていることは、今となっては、警察の協力を得ることは難しい。警察や検察もメンツがあるだろうからな」

「メンツ、ですか……」

直美が吐き捨てるように言う。

直美は悔しい思いを胸の中に押し込め、日高の話に耳を傾けた。

「理不尽だがそれが現実だ」

「はい……」

直美は鑑識のベテランでもあり、豊富な経験を積んでいる日高の口からはっきり聞いたことで、夫、大城の犯行ではない、無実だとあらためて確信した。

「実は直美、これは、暴力団絡みの協力者から得た情報なんだが、殺害された光損害保険の浜田博士は、暴力団極仁会系篠崎組に脅されていた形跡がある」

日高が新たな情報を耳に入れた。

「暴力団の篠崎組が、この事件に絡んでいるのですか。それで、殺された浜田が強請られた理由は何だったんですか？」

直美は聞き返しながら頷いた。

暴力団絡みであれば、拳銃を持っていたとしてもおかしくはない。それに、三億の現金が暴力団に渡ったとすると、保険会社が報復を恐れて、被害届を出さないことも頷ける。

「まだ裏付けは取れていないが、おそらく目的は金だろう。それは、三億もの金を強請り取られていながら、被害届を出さなかった会社の姿勢からも、窺い知ることができる」

「ということは、さっきおじさんが言っていたように、大城がその事件を調べていたか、何らかの形で関わっていたということですね」

「おそらく間違いないだろう」

「そうですか、大城は篠崎組を調べていたのですか……しかし、大城が所属していた捜査一課は、強盗殺人や誘拐事件などを扱っている部署ですし、暴力団が絡む恐喝事件であれば、捜査四課が担当しているはずです。なぜ暴力団の担当ではない主人が、篠崎組と光損害保険の関係を調べていたのでしょうか」

直美が怪訝な顔をして聞き返した。

「はっきりした理由はわからないが、個人的に浜田と接触していた形跡がある」

「おじさん、浜田が強請られた理由は何だったんですか?」

「いま、保険金の不払いが社会問題になっている。不払い件数が三十万件とも四十万件とも言われている。金額にしておよそ三百億円にも上っているという試算もある。光損害保険も例外ではない。そこにつけ込んだのではないかという情報もある」

日高が調べた情報を直美に聞かせた。

「そうですか……」

「それからもう一つ。恐喝の裏付けを取るため篠崎組を調べてゆくうちに、拳銃の密輸や、振り込め詐欺《さぎ》に関わっていることを知ったのではないか、という話もある」

「そうすると、篠崎組は、主人から目をつけられたことで殺し、次いで浜田の口を塞《ふさ》いだ。そういうことですね」

直美は話の辻褄が合うと考えた。

と突然、背中に激しい痛みを覚えた。火焔《かえん》に包まれた背中の般若が、怒りに震えているような気がした。

「私は少なくともそう考えている」

日高が肯定した。

「おじさん、篠崎組の誰が、主人の殺害に関わっていたか、具体的に名前はわからないのですか？」

直美が厳しい表情をして聞いた。

たとえ直接的な証拠がなくても、相手が誰かわかれば口を割らせることもできる。そうすれば、すべてがはっきりする。

直美はそう考えながら、日高の言葉を待った。

「大城の殺害に関わったかどうかはわからないが、浜田を強請っていたと思われる者の名はわかっている。篠崎組の準構成員で、元ホストをしていた渡辺剛史《わたなべたけし》二十八歳。組員の新田英吾《えいご》三十二歳。組幹部の笠松昭夫四十二歳の三人だ」

日高が具体的な名を上げた。

「その男たちは、いまどこにいるかわかりますか」

「事件の直後から、姿をくらませているが、渡辺剛史の姿を横浜の伊勢佐木町《いせざきちょう》にある『ポピー』というパブで、見かけたという情報がある」

「『ポピー』というパブですね」

「そうだ。ただ、気になるのは浜田は店のママと特別な関係にあったようだ」

「愛人、ですか……それで渡辺はいま何をしているのですか？」

「何をしているかわからんが、いままでいつも金がなくて、女に無心をしていたのに、最近、えらく羽振りがいいという話だ」

「本人は競馬で勝ったと言っているそうだが、おそらく何か別のことで稼いでいるのだろうということだ。いい金づるを摑んでいるようだと、噂《うわさ》する者もいる」

「羽振りがいい？」

「そうですか……そうすると、篠崎組の組長が、渡辺たち三人に大城と浜田を殺させたと見ていいですね」

渡辺が横浜にあるパブに出入りしていれば、本人の所在は摑める。

直美がそう思いながら、険しい表情をして念を押した。

「まず間違いないだろう。ただ残念だが、篠崎がやらせたという証拠はない」

「わかりました。私も調べてみます」

「調べるのは構わないが、絶対に無理はするな。いいね」

日高が釘《くぎ》を刺した。直美の覚悟がわかっていただけに、暴走が気になっていたのだ。

「はい……」

直美が素直に頷いた。

が、胸の内は逆だった。実行犯らしき相手の名がやっと出てきた。

元ホストの渡辺という男を責め立てれば、ある程度事件の真相が明らかになってくる。

もし、渡辺が犯人の一人であれば、絶対に許さない。組長の篠崎に恐怖を与えるためにも、実行犯は必ず殺す。

直美は最後に篠崎と刺し違えても、命を取る覚悟をしていた。

「それから直美、一度捜査一課に顔を出しておくことだ。北本警部をはじめ、里村警部補や松浦部長も、病院から突然姿を消したおまえのことを心配している」

「はい……」

「葬式が終わっていろいろなことがあった。事情はわかるが、人としてきちんと挨拶《あいさつ》だけはしなければな。姿を消したままでは、何かあればすぐに疑われる。それより、これからはできるだけ普通の顔をして、ごく普通に過ごすことだ」

「わかりました。明日にでも顔を出します……」

直美は、たしかに日高の言うとおりだと思いながら頷いた。

5

「奥さん、奥さんじゃないですか……」

午前十時過ぎ、捜査二課の井原が、捜査一課の部屋に向かっている直美に気付いて、駆け寄ってきた。

「井原さん……いろいろ心配をかけました……」

直美が丁寧に頭を下げた。

「姿が見えなくなり、日高部長もまったく連絡はないというし、心配していたんです。でも元気そうな顔を見て安心しました。で、今日はなんですか？」

井原はおやっと思った。

あれほど目を泣き腫《は》らし、憔悴《しょうすい》しきっていた直美が、しばらく顔を見ないうちに、人が変わったように落ち着いている。

髪を振り乱し、まるで生気を失っていた直美の印象とは、まったく違う。井原はその変わりように、内心驚いていた。

「おかげさまで、私もやっと落ち着けるようになりました。捜査一課の皆様に、大城や私のことでご迷惑をかけたままでしたから、ご挨拶をと思って……」

「そうですか。奥さん、いろいろ話したいことがあるのですが、一度、時間を作ってもらえませんか」

「はい、気持ちの整理がつきましたら……」

直美が言葉を濁した。

「もちろん落ち着いてからでいいですから。それで奥さん、これからどうなされるんですか？」

井原が先のことを気にして聞いた。

「まだ決めていません。ただ、この東京にいるのは辛すぎますから……」

「沖縄に戻るとか、どこかに転居するつもりなんですか？」

「わかりません。ただ、誰もいないところへ行って、今後のことはじっくり考えてみようと思います」

直美は、悪いと思いながらも、自分の気持ちや行動は一切吐露しなかった。

「そうですか……奥さん、何か困ったことがあったら、いつでも言ってください。力になれることは少ないかも知れませんが、できるだけのことはするつもりですから――」

直美は親友の妻ということもある。また純真な性格を知っていただけに、井原は心配し、気にしていたのだ。

「わかりました。井原さんいつもありがとう。それじゃ私はこれで……」

直美が礼を言って頭を下げた。

「奥さん、私はいまでも大城を信じています。必ず事実は明らかになります。だから無茶なことは絶対にしないでください」

「ありがとう、井原さん……」

直美は再び頭を下げて、井原の元を離れた。

大城を信じているという井原の一言が、嬉しかった。

正義感が強く、男気のある井原の性格も知っている。だが、いまは日高以外の者に力を借りるつもりはなかった。

自分の手で犯人を捜し出し、恨みを晴らすことしか考えていなかった直美は、井原が大城の大の親友であっただけに、これから起こすであろう自分の事件に、巻き込みたくなかったのだ。

「お邪魔します……」

直美は勤務指示が終わる時間を見計らい、捜査一課に顔を出した。

直美は複雑だった。なぜか心穏やかではなかった。

そこは夫の雅哉が勤めていた職場でもある。何となく懐かしい感じがした。しかし、殉《じゅん》職《しょく》をしたのであればまだしも、殺人者として送検されたという特殊な事情がある。だから、直美にしてみれば、警察署に足を踏み入れることもそうだが、捜査一課の部屋は余計に敷居が高かった。

「奥さん、大城の奥さんじゃないですか……」

部長刑事の松浦がすぐ気付いて声を掛けた。

化粧気のない顔と、肩を落として俯《うつむ》き加減に立っている直美は、ひどくやつれた印象を受けた。

「松浦部長さん、その節はお世話になりました……」

直美が顔を伏せて深々と頭を下げた。

「奥さん、どこでどうしていたんですか。病院から姿を消したと聞いて、みんな心配していたんですよ」

松浦が目を細めて言う。

「何もかもが嫌になって、あちこちあてもない旅行をしていました……」

直美は咄嗟に嘘《うそ》をついた。

まさか気持ちを整理するため、自分の体に刺青を入れていたとは言えなかった。いや、言うつもりもなかった。

「何度か家を訪ねたんですが、ずっと不在でしたし、新聞や広告、郵便物がポストにたまっていて、戻った様子がなかったものですから、気にしていたんです」

「申し訳ありません……」

直美が神妙な顔をして、深々と頭を下げた。

「でも、こうして元気な姿を見せてくれた。よかった、よかった」

松浦が再び目を細めて、何度も頷いた。

「……………」

直美はただただ頭を下げた。

捜査一課の幹部や刑事の人たちが、もっと慎重に捜査をしてくれていたら。主人は殺人者という汚名を着せられ、死ぬことはなかった。

直美は殊勝な態度とは裏腹に、気持ちの中では、歯がゆさや憤りさえ覚えていた。が、じっと腹立たしさを抑えていた。

「さ、どうぞ入ってください。警部補、大城の奥さんが来てくれました」

松浦が直美を刑事部屋に招き入れ、他の刑事と話をしていた警部補の里村に声を掛けた。

「奥さん、元気でしたか。どうしているかと心配しましたよ。しかし無事でよかった。おい、コーヒーを持ってきてくれ」

里村が表情を緩めながら、傍にいた若い刑事の狭間に言う。

「はい」

狭間がちらっと直美を見て返事をした。

「立ち話もできません、どうぞ掛けてください――」

松浦が椅子を出して着座を奨《すす》めた。

「すみません……」

直美が小さく頭を下げた。

「で、今日は何か心配事でも？　もし、心配事があるのでしたら、遠慮なく言ってください」

里村が、松浦が席へ戻るのを見て聞いた。

「いえ、今日は警部さんや皆様に、大変お世話になっていながら、ご迷惑を掛けたままいままでお礼も言わず、ご挨拶もしていなかったものですから……」

直美が椅子に腰を下ろしながら、部屋の中を見回して話した。

「そんなことは気にしないでください」

「北本警部さんは、不在なのでしょうか」

直美が部屋の中を見回しながら聞いた。

「警部はいま間垣副署長と一緒に、署長室へ入っています。報告が済めばすぐに戻ってきますから。もうしばらくお待ちください。しかし奥さん、病院を抜け出したあと、いままでどうしていたんですか」

里村が聞いた。

「叱られるかも知れませんが、本当は、主人や子供の後を追って死ぬつもりでした。でも、死にきれませんでした……」

直美が目を伏せて力のない声で話した。

どうも刑事部屋の空気を吸っていると、胸が詰まりそうだった。

自分が警察官として勤務していたとき、刑事課の部屋にもよく出入りしていた。そのときはごく当たり前で、何とも思わなかった。

だが、ここは大城が勤めていた職場だと思うだけで、気が重くなってくる。

警察に強い不信を抱いていたからか、直美は、我慢できないほどの息苦しさを感じていた。

「死ぬ気だったって？　奥さん物騒なことを言わないでください」

「………」

「たしかに奥さんにとっては、辛く苦しいことだと思いますが、どんなに辛くても、どんなに苦しくても、絶対に死んじゃいけない。わかるね」

　里村が強く言って聞かせた。

「はい、申し訳ありません……」

「突然の不幸に見舞われた奥さんの気持ちはよくわかりますが、もう無茶なことはしないでくださいよ。捜査一課の者はみんな、奥さんには幸せになって欲しいと思っているのですから」

「死に損なって初めて、皆さんの気持ちが理解できたんです。もう二度と、死のうなど馬鹿な考えは持ちません」

　直美が顔を上げて、硬い表情を崩さないままはっきり言った。

　私は二人の敵を取るまでは、殺されても死なない。亡くなった大城と雅直に誓いを立てるために、刺青を入れた。私は死んでも必ず目的を遂げる。

　直美があらためて、自らの気持ちに誓った。

「お節介かも知れないが、奥さん、副署長や警部も今後のことを心配しています。これからどうなされるつもりですか？」

里村が、視線を下げている直美に、あらためて聞いた。

「これから先のことは、何も考えていません……」

直美が言って頭を横に振った。

「わかります。しかしこれからの生活もあるし、このまま働かないわけにはいかないでしょう」

「ありがとうございます。でも、まだ気持ちの整理も、切り替えもできていませんから……」

「もし奥さんが望むなら、前にも病院で言いましたが副署長や警部とも相談して、仕事を世話するぐらいのことはできます。いつでも言ってください。それくらいのことしかできませんが」

里村が同情した。

「主人が皆様を裏切って迷惑をかけたというのに、こんな私のために、そこまで……」

直美が涙ぐんだ。

だがその涙は、里村の言葉に感極まって出てきたものではなかった。悔しさからくる涙だった。

いま口先で、私に同情するような態度を見せるくらいなら、なぜ大城のことをもっと信じて調べてくれなかったのか、そんな気持ちが胸を突き上げていたのだ。

狭間がコーヒーを入れて持ってきた。そしてどうぞと声をかけながら、カップを机の上に置いて、引き下がった。

「……………」

直美は頭を下げたが、そのコーヒーには口をつけなかった。嫌だったのだ。

「奥さんは事件とは無関係なんですから、我々ができることをするのは当然です」

里村が心配そうに言う。

「お心遣い、ありがとうございます。でも、せっかくのお言葉ですが、もうこの東京にいたくはありません。主人と息子を沖縄へ連れて帰り、静かに沖縄で過ごすつもりです」

直美が胸元にそっと手を当てて、その場を繕《つくろ》った。

首には、二人の服を切り、手縫いしたお守り袋が下げられている。中には夫と子供の遺骨が入れられ、しっかりと胸に抱かれていたのだ。

警部の北本が戻ってきたのは、直美と里村が話しているときだった。

「警部、大城の奥さんが、挨拶に見えています」

松浦が立ち上がって話しかけた。

「大城の奥さんが？」

北本が頷いて、里村と話している直美に視線を向けた。

「奥さん、警部が戻ってきました」

里村が、近づいてくる北本を立って迎えた。

直美もそれにつられ立ち上がり、振り向いて頭を下げた。

「警部、奥さんは沖縄に引き揚げるそうです」

里村が言う。

「沖縄へ？　そうか、大城も奥さんも沖縄の恩納村出身でしたね」

北本が話して頷いた。

「はい……」

「それがいいかも知れない。どろどろした都会の喧騒《けんそう》の中で生活するより、美しい自然に包まれて過ごせば、辛いことも忘れられる。少しは心が癒されるでしょう」

「はい、そう思いまして、今日は主人がお世話になった捜査一課の皆様に、お別れのご挨拶をさせていただこうと……」

直美は小さく頭を下げながら、内心強く反発していた。

「奥さん、早く立ち直ってください。事件のことは忘れられないでしょうが。時の流れに任せるしかない。時が経てば少しは気持ちが和らぎます」

「はい……」

この警部をはじめ、警察の幹部は所詮《しょせん》他人事だとしか受け止めていない。私の気持ちなどまったくわかっていない。

何が自然に囲まれて過ごしたら、心が癒されるですか。私は心を癒されたいとも、過去を忘れたいとも思っていない。

口先だけで繕うのなら誰にでもできる。同じ警察官だった大城のことを、警察の上層部は庇《かば》ってくれようともしなかった。

殺人事件を解決したいがために、すべて部下の大城に罪を擦《なす》りつけて、事件を収束させた。それが警察という組織のやり方なんだ――。

でも私は事件の真相を暴き、二人の敵を討つ。それまでは、もう二度とこの捜査一課に足を踏み入れることはない。

直美は顔にこそ出さなかったが、一度抱いた警察への不信を、どうしても拭いきれなかった。

6

この、感じは何だろう。私が見張っているのに、なぜか、誰かに見張られているような感じがするが――。

直美は緊張した。何かいやな視線を感じていたのだ。

何度も辺りを見回す。だが、それらしい人物を確認することはできなかった。

その直美は、日高から聞いた横浜の伊勢佐木町にあるパブ『ポピー』を捜し出し、連日連夜独りで張り込みを続けていたのだ。

直美は店のママをマークしていた。朝から晩まで時間の許す限り、独りで張り込みを続けていた。

だが、三日経ち四日経っても、篠崎組の渡辺らしい男は現れなかった。

渡辺とは一度も顔を合わせたことはない。だから店にきていたのに気付かず、見逃したのだろうか……。

いやそんなはずはない。日高のおじさんから顔写真をもらっているし、顔はしっかり頭の中に叩《たた》き込んでいる。見落とすことなどあり得ない。

直美はそう思っていた。

直美は店が終わったあと、ママの千紗《ちさ》を尾行してマンションも突き止めた。

昼間、周辺で聞き込んでみた。が、渡辺らしい男の出入りもないし、ママと同居している様子もなかった。

そして五日目、このままただ待っていても埒《らち》があかない。直接店に入って様子を探ってみるしかないと思った直美は、その晩、思い切って店の中に入った。

「いらっしゃいませ」

女たちの明るい声が飛んできた。

落ち着いた感じの店内はそんなに広くない。七、八人の客が座れるカウンターの後ろの壁面には、ずらりとウイスキーのボトルが並べられている。

客席の壁際は、十五、六人も座れるだろうか、長テーブルと椅子が三基備え付けられている。

六人ほどの客が座っているカウンターの中には、ママとバーテンが一人、そして女の従業員が二人いた。

「お客様は初めてですね。ママの千紗です。よろしくお願いします」

千紗がにこやかに話しかけた。

「こちらこそよろしく」

カウンターに腰を下ろした直美は、ニッコリと笑顔を返した。

その表情には、刑事部屋で見せていたやつれた印象はない。まったく暗さは見られなかった。

綺麗に化粧をした顔はきりっとしていて、まるで腕に彫り込んだ阿修羅のような、気品のある雰囲気さえ漂わせていた。

「お飲み物は何にいたしましょう」

「ウイスキーをロックで」

「かしこまりました。ロックをお願いね」

丁寧に応対した千紗が、バーテンに声を掛けた。

「わかりました」

バーテンがチラッと直美に視線を送った。

いい女だ。派手さはないが着ている服や持っているバッグはブランドもの。一体何をしている女なんだ。

バーテンは、直美に強い興味を持った。

「すっきりした、良いお店ですね」

直美が店内をあらためて見回しながら、社交辞令で褒めた。

「ありがとうございます。お客様は誰かのご紹介でいらしたのですか？」

和服のよく似合う千紗が聞いた。しっとりした女を感じさせていた。

「いいえ、通りがかりに、お店の看板が目についたものですから」

直美が話をしながら、バーテンに艶《なま》めかしい視線を送った。

「お仕事でこちらに？」

「ええ、お仕事半分、遊び半分といったところですか……」

直美が言葉を濁した。

そこへバーテンが、ウイスキーの入ったロックグラスを持ってきて、

「いらっしゃいませ、どうぞ」

と愛想のいい笑顔を見せて、カウンターにコースターを置き、その上にグラスを乗せて差し出した。

バーテンは四十歳前後だろうか、いかにも女好きのする良い男だった。

「どうも。ご夫婦でこのお店をしているのですか？」

直美が口元に笑みを見せ、聞きながらこれからどうするか考えていた。

「とんでもありません。私は使われている身ですよ」

バーテンが戸惑いながら否定した。

「ごめんなさい、お似合いだったものですから」

「いいんですよ、お気になさらなくて」

千紗が笑みを崩さずに言った。

「申し訳ありません。お詫《わ》びの印に、ママさんもバーテンさんも、どうぞお飲みになってください。女一人で飲むのはつまりませんから」

直美が笑みを向けて言う。

「ありがとうございます。それじゃ遠慮なくいただきます。バーテンさんも何かいただいたら。私はロックをお願いね」

千紗がにこやかに促した。

「それじゃビールをいただきます」

バーテンが言って、直美の顔を見つめ前を離れた。

「どうぞ」

直美が言いながら、バーテンに悩ましい眼差しを向け、ウイスキーを口に運んで考えていた。

この二人が夫婦でないとしたら、愛人関係にあるとも考えられる。いや、もしかして、このママが渡辺の愛人なのかも――。

もし私が飲んで、酔い潰《つぶ》れた振りをしたらどうするだろう。店から無理やり放り出すだろうか、それともこのバーテンが、私をどこかへ連れて行くかもしれない。

そのときはそのとき。この店と篠崎組の渡辺との繋《つな》がりを探ってみるのも面白い。何かわかるかも知れない。

ママといつも一緒に仕事をしているバーテンなら、ママが渡辺の愛人かどうかぐらいは、当然知っているはず。

それに、渡辺がこのお店と関わりを持っているとすれば、このバーテンも篠崎組の組員である可能性もある。

だとすると、渡辺の行方を知っているかも知れない。このバーテンを誘惑して自供させるのも一つの手だ――。

直美はそう考えながら、口元に薄い笑みを浮かべた。

「お客さん、お酒がお強いようですね」

千紗が自分でロックグラスを手に取って、ウイスキーを注《つ》いだ。

「ほんの少し嗜《たしな》む程度です。でもお酒が好きなだけで、本当はあまり強くないんですよ」

直美が笑みを絶やさず応えた。

「お客さん、いただきます」

バーテンが声を掛けた。

「それじゃ初めての出会いに乾杯。これからも差し支えなければ、時々遊びに来てくださいね」

千紗が軽く袖口《そで》を摑んで、グラスを前に差し出した。

「どうぞ。それじゃ乾杯」

グラスを差し出した直美の目に、千紗の袖口の奥が見えた。チラッと赤紫の痣《あざ》が見えたのだ。

あんなところに痣が……どこかに打ち付けて作ったのだろうか——。

直美は余計なことだと思いながら、なぜか気になった。

が、その痣について触れることはしなかった。

ひとにはそれぞれ事情がある。言いたくない。触れられたくないことはある。

直美自身もそうだが、誰でも他人に言えないことは、いくらでもある。

もし他人から心の傷に触れられたら、あまりいい気はしない。だから嫌がる話題は避けるべきだと考えたのだ。

それから一時間も世間話をしながら、渡辺が来るのを待った。が、いっこうに姿を現さなかった。

遅い時間に来るのかも知れない。もう少し粘ってみようか。それでも姿を見せなければ、酔ったふりをしてバーテンを誘い出してもいい——。

直美は、ただ待っているだけでは埒があかないと思った。

沖縄育ちの直美は、もともとアルコールは強いほうだった。たしかに酒を飲めば、ほろ酔い気分になることはある。

だが、泡盛《あわもり》で鍛えられたのか、いままでいくら飲んでもへべれけになったり、前後不覚に陥ったことは一度もなかった。

直美は酔わない程度に飲みながら、さも酔ったふりをして、カウンターの上に両腕をついて頭を下げた。

「お客さん、大丈夫ですか?」

千紗が心配そうに声を掛けた。

初めてきた客。それも女の客が酔っ払う。こんな状況はあまりなかったことだけに、気になったのだ。

この女性、何かよほど嫌なことがあったのか。それとも、他人には言えない悩みを抱えていて、苦しんでいるのだろうかと思った。

「大丈夫ですか?」

バーテンも気にして声をかけた。

が、その向けた目は、心配している目ではなかった。何か下心があるような眼差しだった。

どこの誰かは知らないが、こんないい女を放っておく手はない。このまま潰れるまで飲ませ、介抱する振りをしてホテルへでも連れ込むか。どうせ見ず知らずの女だ、後腐《あとくさ》れがなくてすむ。

バーテンは腹の中で、良からぬことを考えていた。

「ごめんなさい、でも大丈夫です。ママ今日はとことん飲ませてください。飲みたいんです……」

直美が顔を上げ、グラスの中に入っているウイスキーを飲み干した。

「もう飲まない方がいいですよ」

千紗は、てっきり直美が酔っていると思っていた。

「いいんです。どうせホテルへ戻っても、待っている相手もいないし、ただ寝るだけですから……」

「この近くにお泊まりですか？」

「駅前のホテルにでも泊まります……」

直美が携帯電話で、時間を確認しながら言う。

「駅前のホテルに泊まるのですか。そうですか……」

千紗はそれ以上言わなかった。

そんな直美を横目で見ていたバーテンは、またよからぬことを考えていた。

看板までいさせるか。そうすればこの女を連れ出すことができる——。

バーテンはそう思いながら、品定めをするように、直美の上半身に視線をまとわりつかせていた。

それから三十分ほど経ったときだった。ドアが開いて男が入ってきた。

「いらっしゃい、ませ……」

ホステスが語尾を窄《すぼ》めた。

入ってきたのは渡辺だった。

鋭い目つきと染めた髪、派手めな服装と金時計に金のブレスレット、大きな金の指輪をはめている。

身に着けている光物と格好から、サラリーマンでないことが一目でわかった。まともではない、いかにも遊び人風といった雰囲気を漂わせていた。

渡辺が黙ってカウンターの隅に座った。直美が座っている位置から、四人分席は離れていた。

そんな渡辺を見て、三人で来ていた中年の客が立ち上がった。

「ママ、ご馳走《ちそう》さん。今日はこれで帰る」

「えっ、もうお帰りですか？」

「うん、明日、朝早いんだ」

「そうですか、ありがとうございました。また来てくださいね。ちょっと失礼します……」

千紗が直美に声を掛けて、帰ろうとしている客の飲み代を受け取った。

もしかしたら……間違いない。あの男は渡辺剛史だ――。

カウンターに座った男にチラッと視線を向けた直美は、やっと現れたと思いながら酔ったふりをして顔を上げた。

「渡辺さん、いつもお世話になっています……」

バーテンが男に近づいて、ぺこぺこ頭を下げた。

「ビールをくれ」

渡辺がぶっきらぼうに言う。

「はい――」

バーテンがそそくさと前を離れた。

渡辺が飲んでいる直美に目をつけた。

あの女、かなり酔っているようだが、見たことのない顔だ。一見《いちげん》の客か。しかしなかなかの美人だ。それにいい体つきをしている。

渡辺が少し離れた位置から、じろじろ品定めをするように直美の体に目を凝らした。

「お待たせしました」

バーテンが冷えたビールとグラスを持ってきて、注いだ。

トクトクトク。ジュワ……グラスの中で細かい泡が立つ。

「乾杯しましょうか」

直美が顔を上げ、自分から渡辺に向かってグラスを差し出した。

「そうか、美人と乾杯するのも悪くないな」

渡辺が笑顔を見せて、席を隣に移し誘いに乗ってきた。

カチッ、グラスの触れる音がする。

泡がいまにもグラスからこぼれそうになる。それをこぼさないように口元に運んだ渡辺が、ごくごく喉を鳴らし、旨《うま》そうに胃の中に流し込んだ。

「やっぱり独りで飲むより、男の人と一緒に飲むと、お酒も美味《おい》しいですね」

直美が気にせず話しかけた。

「独りなんですか。俺は渡辺。お姉さんの名前は？」

「さあ、何でしょう。名前も言わず知らない男の人と、お酒を飲んで朝まで愉《たの》しむ。それがいちばんいいじゃないですか？」

直美がニッコリと、作った笑みを投げかけ、わざと気を持たせるような言い方をした。

明らかに興味を持った渡辺の強い視線を肌で感じていた。

「お姉さん、面白いことを言うね。気に入った。よし、場所を変えて二人でゆっくり飲み直そうか」

「いいわね」

直美が、ママとバーテンの顔をチラッと見て言う。

ママが一瞬表情を曇らせた。が、なぜか渡辺の前に立とうとしなかった。

やはり二人は特別な関係にある。もしかしたらママの痣はこの渡辺がつけたものでは——。

しかしこの際、二人の間に何があろうと、私とは無関係。やっとこの男を見つけたんだ。この男と会ったからには、どうしても見過ごすことはできない。

直美は心の中で別のことを考えながら、すんなりと渡辺の言葉を受け入れた。

「話は決まった。出よう——」

渡辺が立ち上がって、直美の腕を摑み支えた。

「ママ、ありがとう。愉しかった。お愛想をしてください」

　直美がわざとよろけながら、立ち上がって言う。

「まだいいじゃないですか。せっかく盛り上がってきたところなのに」

　千紗が心配そうな眼差しを向けた。が、それ以上口を挟むことはなかった。

「ここはいい、俺に任せておけ」

　渡辺が格好をつけて言う。

「駄目です。はじめてきたお店でツケはできません。ご馳走してくれるのだったら、次のお店で、ね」

　直美がやんわりと断った。

　どうせ渡辺はこの店でただ飲みしている。関係のないママに迷惑はかけられない。直美はそう思って自分で支払いを済ませた。

7

　パブを出た直美は、誘われるまま、二軒、三軒と飲み歩いた。その頃には渡辺もだいぶ酔っていた。

　ん？　やはり誰かに見られている感じがする。店の中にいたときはこんな感じはなかったのに――。

直美はそれとなく周囲に視線を凝らした。が、やはり何事もなかった。

「これからどこへ行く」

渡辺が三軒目の店を出たところで聞いた。

「さあ、どこへ行きましょうか……」

直美が、わざと脚をふらつかせながら、渡辺の体にもたれかかり、気を持たせるような言い方をした。

直美はほとんど酔っていなかった。いや、これから敵を討つという大事な目的がある。だからいくら飲んでも酔えなかったのだ。

「ホテルへ行こうか」

渡辺がずばっと本心を切り出した。

直美の腰に手を当て、体を抱えるようにして歩いている渡辺は、まったく疑っていなかった。

甘い女の体臭が、渡辺の男をそそる。

服の上から体に触れた感触で、裸にした直美の美しい肢体を想像していた渡辺は、肉体の中を突き上げてくる興奮と情欲を、抑えられなくなっていた。

「行きずりの男と女が、一夜をともにする。そして、名前も知らないまま別れる。それもいいわね」

直美は拒否しなかった。さらに気を持たせるような言い方をした。

「よし、決まった。腰が抜けるまで可愛がってやる」

渡辺が声を弾ませた。

この女、初めから男を求めていたのか。それならそれで俺は愉しむだけ。面白いと思っていた。

「本当に私を喜ばせることができるかしら？　少々のことでは満足しないわよ」

本当に腰を抜かすのが自分だとも知らないで――と思いながら、直美は腹の中で蔑《さげす》んでいた。

「えらく自信ありげに言うじゃねえか。面白い。満足させてやる」

「もし、私が満足できなかったら、どう責任を取ってくれるの？」

「おまえを満足させられなかったら、俺の命をやる」

渡辺が、見栄を張って言う。

「命をくれる？　いいわね、そこまで自信を持っているなら行きましょう。その代わり朝まで眠らせないわよ」

直美が悪戯《いたずら》っぽい眼差しを向けた。

この男本気になっている。馬鹿な、誰が抱かれるものか。どうせ、おまえの命はもらうんだ。

直美は、こんなつまらない男に夫は殺されたのかと思うだけで苛々《いらいら》した。腹が立って仕方がなかった。が、そんなことはおくびにも出さなかった。

「いいだろう」

女の肉体に魅了されていた渡辺の頭には、もう直美を抱くことしかなかった。

「でも、ホテルはいや。あなたの家へ行きたい」

「俺の家へ？　ホテルの方がゆっくりできるだろう。ラブホテルなら、フロントの者とも顔を合わせなくてすむ」

「ホテルは嫌いなの。いかにもそれだけを目的にしているみたいだから」

「格好つけるな。男と女がすることは一つ。どこでも一緒じゃねえか」

渡辺が面倒くさそうに言う。

「ムードがないわね。嫌なところで抱かれても、女は燃えないのよ。そう、だったらいいわよ、このままここで別れましょう」

直美が、わざと断るような言い方をして焦《じ》らせた。

男の腹は読めていた。この手の男は、抱ける女を前にして、みすみす諦めるようなことはしない。

いったん食らいついたら、骨までしゃぶり付く。

あのママの腕に殴られたような痣があったが、あの痣はおそらく、この渡辺がつけたものだろう。だとしたら、肉体を弄《もてあそ》んだあと、黙って私を帰すことはしない。暴力をふるい恐怖を与えて、無理やり風俗の店で働かせるか、売り飛ばす。それくらいのことは考えているはず——。

渡辺の出方を見守っていた直美は、またいつもと同じ視線を感じた。

ん？　あれは井原さんでは……。

周囲に視線を凝らした直美の目が、道路の向こうに立って、じっと自分の方を見ている男の姿を捉《とら》えた。

街路灯やネオンの明かりはある。が、周りが暗いことと少し距離があったため、その男が井原だと確信は持てなかったが、直美は間違いないと思った。

私は井原さんにずっと尾行されていたのか。でも、なぜ、私は彼に一言もここへ来ることは話していない。日高のおじさんが教えたのだろうか——。

直美は、井原の姿が気になって仕方がなかった。

「わかった、それじゃこれから俺のマンションへ連れて行く。来るだろ」

渡辺がタクシーを停めた。

こんないい女を、このまま帰してたまるか。たっぷり可愛がってやる。渡辺の口元に薄く冷笑が浮かんだ。

直美は渡辺と肩を組んだまま、よろけながらタクシーに乗り込んだ。

着いたマンションは、駅から二十分ほど走った距離にあった。

私の大事な家族を殺しておきながら、こんな豪華なマンションに住んでいたのか。私の家族が苦しんで死んだというのに、この男は、毎日遊び回り、のうのうと生きている。

この代償は、あとできっちり命で償ってもらうわよ——。

直美はタクシーを降りて、マンションを見上げた。

「ここだ、いいマンションだろ」

渡辺が得意そうに言う。

「渡辺さんて、お金持ちなんですね。見直したわ」

「おまえも金が好きそうだな」

「もちろん、お金は大好き。男でも女でも、お金が嫌いな人なんかいるかしら。私はね、貧乏は嫌いなの」

「顔に似合わず貪欲《どんよく》な女だ。しかしその貪欲さが気に入った。金を集めるのはここだ、ここ、ここを使えば、あくせくして働かなくても、いくらでも入ってくる」

渡辺が右手の人差し指で、自分の頭を軽くつついた。

「頼もしいわ。私そんな男の人大好き」

直美はにこやかに調子を合わせながら、腹の中で、フン、とせせら笑っていた。

「だったら俺の女になるか。不自由はさせねえ。良い生活をさせてやるぜ」

渡辺がニヤッと口角《こうかく》を歪《ゆが》めた。

「本当？」

もうすぐ死ぬとも知らないで、馬鹿な男と思っていた直美は、表情の柔らかさとは裏腹に、蔑んでいた。

「嘘は言わん。おまえが欲しいものは何でも買ってやる。別なもっといいマンションに住まわせてやってもいい。おまえの好きなようにさせてやる」

渡辺がどんどん風呂敷《ふろしき》を広げた。

「私と付き合ったら高く付くわよ。でも、私はお金の顔を見なければ、信用しないことにしているの。本当かどうかあとで見せてくれる？」

直美がわざと煽《あお》って、難題を突きつけた。

飲み代を払わないようなチンピラが、どうして高価な物を買うことができるのよ。見栄を張って――。

もし現実にお金を持っているとしたら、そのお金はまともなお金ではない。何かよからぬことで手に入れたに違いない。

直美はそう思いながら、渡辺に誘われるまま後についてマンションへ入った。

8

ん？——。

ドアを開けて中に入った瞬間、男臭い臭いが直美の鼻をついた。

玄関先に女物の靴などはない。渡辺のものだろう、不揃《ふぞろ》いに脱ぎ捨てた靴が三足あるだけだった。女性が住んでいるような気配はまったくなかった。

「遠慮しないで上がってくれ」

渡辺が靴を脱ぎ、直美の手を取って促した。

「こんな良い部屋に住んでいたんですか。すごい……」

誘われるまま上がり込んだ直美は、目を見張った。想像とはまったく違う、贅沢《ぜいたく》な暮らしぶりが目に飛び込んできた。

挨拶代わりにお世辞を言った直美は、思わず周囲を見回した。

通された部屋は、十二畳ほどの広さがあるリビングルーム。そこには豪華なソファーや家具が備え付けられている。

ただ、ビールの空き缶、ウイスキーや酒、焼酎《しょうちゅう》の空き瓶がソファーの横に、雑然と置かれている。

たしかに部屋は利用しているのだろうが、一般家庭のような生活感が、まったく感じられなかった。

女性の出入りはあまりないみたいだけど、ここは単に寝泊まりしているだけなのだろうか。それとも女性を引っ張り込むために使っているのだろうか――。

直美はそんなことを考えていた。

「さあ、二人だけになった。俺が脱がしてやる」

渡辺が酔いに任せて、直美の体にもたれかかり、そのままソファーの上へ押し倒した。

「待って、せっかちね」

直美が言って、渡辺の胸を下から押した。

「いいじゃねえか」

渡辺は我慢できなかったのか、荒い息づかいをしながら、強引に直美の豊かな胸元をまさぐりはじめた。

「駄目、私、ムードのない人と、汗臭い人は嫌いなの。シャワーを浴びてきて」

直美が仰向《あおむ》けのまま、ピシャッと渡辺の手を叩いた。

「シャワーなど、どうでもいいじゃねえか」

渡辺が不満げな顔をして、上から無理やり唇を寄せてきた。

直美はその口元を、しなやかな手で遮りながら、きつい口調で言う。

「嫌いなものは嫌いなの。その気になっていない女を抱いても、白けるだけでしょう。そんなに慌てなくても、朝までは長いわよ」

「もったいぶるな」

渡辺が言って、荒々しく直美の胸に手を差し込んだ。

「駄目っていったでしょうが！　だったら私帰る！」

直美が強く逆らいながら、渡辺の手首を摑み、はね除《の》けた。

その途端、渡辺の手がセーターの首元に掛かった。糸が伸びて右肩が大きく剝《む》き出しになった。

「おまえ……」

渡辺が一瞬動きを停《と》めた。

はっきりと、肩口から二の腕にかけて彫り込まれている怒りの阿修羅が、目にとまったのだ。

まさか、こんなおとなしい顔をした女が、刺青をしているとは——。

渡辺は想像していなかっただけに、啞然としていた。

「驚くことはないでしょう。女が彫り物をしていたらおかしい？　見たければ全身に彫った刺青を、見せてあげてもいいわよ」

直美が口元に冷たい笑みを浮かべて言う。

「…………」

渡辺が言葉を失った。

今時の若い女が、腕や脚、あるいは胸元にワンポイントの刺青を入れることはよくあることだ。

が、全身に刺青をしている女など、そうざらにいるものではない。一体この女何者なんだ。もしかしたら組関係の者のスケでは。だとしたらまずい――。

渡辺はひとりで考えながら、気持ちを萎縮《いしゅく》させていた。

「私が怖いの？　意外にデリケートなんだ」

直美がわざと気持ちを突いた。

「怖いだと？　ば、馬鹿な。俺に怖いものなどあるわけねえだろ」

渡辺が強がった。が、その声がうわずっていた。

「そうか、刺青を入れた女は抱く気がしない。気後れして抱けないというのね」

「そ、そんなことはない。刺青をしていようがいまいが、女は女だ」

「そうよ、私はただの女。でも顔色が悪い。本当に私を抱けるの？」

「俺が、抱けねえと言うのか」

「腰が抜けるほど、可愛がってやると言ったさっきの勢いは、嘘だったの？」

「…………」

「私の刺青を見た途端顔色が変わった。そんな調子で抱けるかしら。かりに私を抱いても、途中で駄目だなんて言わないわよね」

直美がわざと蔑むような言い方をした。

「抱いてやろうじゃねえか」

渡辺は馬鹿にされたと思った。

このまま帰したら男がすたる。この女が何者かは知らねえが、どうせ今日限り。遊ぶだけ遊んで別れてしまえば、後腐れはない――。

渡辺は気持ちを切り替えた。女のひとりくらい抱けないでは、俺の沽券《こけん》に関わると思った。

「男はそうでなければね。自信があるのならいろいろ言わないの。私も一緒にシャワーを浴びてあげるから、先に入ってて」

直美が強く言いながら気を持たせた。

「浴びてくりゃいいんだろ、浴びてくりゃ――」

渡辺は渋々承諾した。

相手は女。強引に力ずくで犯そうと思えばできる。だが、女の正体がわからない。もしこの女が組関係の者との関わりがあれば、ややこしいことになる。

かといって、目の前にいい女がいる。しかも本人は納得の上で俺の部屋に来た。このまま何もせずに帰す手はない。

何とも言えない独特の雰囲気に、気をそそられていた渡辺は、直美の言葉を飲むしかなかった。

「楽しみは後で。体の彫り物を見たら燃えるわよ」

直美が口元に、意味ありげな笑みを浮かべた。

「すぐ来るんだぞ」

渡辺が、直美の目の前でさっさと服を脱ぎ、素っ裸になってバスルームに入った。

その後ろ姿を目で追った直美は、持っていたバッグから刃渡り二十センチほどのナイフを取り出し、ソファーの上に置いた。

刺せば当然血が噴き出す。直美は敵である渡辺の血で、服や下着が汚れるのを嫌い、自分も脱いだ。

バスタオルでもあれば、胸元から下を隠すこともできる。だがここはホテルではない。着替えのガウンもバスタオルもなかった。

セーターの下から、両腕に彫られた阿修羅がくっきりと姿を現す。外したブラジャーの下から露わになった豊かな乳房に、守り神のシーサーが顔を出す。

さらにロングパンツから、すんなりと伸びた両脚を抜き取る。太股《ふともも》にびっしり書かれた朱色の経文が、露わになった。

直美は背中が激しく痛むような錯覚に見舞われた。般若が耳元まで裂けた口をさらに開け、怒り狂っている。そんな感じだった。

渡辺がこの刺青を見たら、どう思うだろう。たぶん異様に感じるに違いない。そのときどんな顔をするかしっかり見てみたい——。

直美には、なぜか恐怖はなかった。これから男を殺そうというのに、自分でも信じられないほど冷静だった。

あなた、雅直、これでやっとあなたたちを殺した敵の片割れを、ひとり殺すことができる。

直美は気持ちの中で語りかけ、再びナイフを手にした。

特殊な刺青を施した女が、手にナイフを握っている。それ自体が異常な光景だった。

馬鹿な男。ここで命を取られるとも知らないで、私を抱きたいという欲望に突き動かされている。

冗談じゃない。誰がこんな男に抱かれるものですか——。

直美は鼻でせせら笑いながら、鋭い眼差しを浴室に向けた。

気持ちを落ち着けるように、一つ大きな深呼吸をした直美は、ソファーの上に置いてあった背もたれを手にして、ゆっくり歩を進めた。

シャー、シャヤ、シャワーの湯が噴き出す音が耳にはいる。浴室と脱衣所の間を閉ざしているドアのすりガラスに、シャワーを浴びている渡辺の姿が見えた。

「入っていいかしら？」

直美が硝子《ガラス》のドアを叩いて声をかけた。一瞬、渡辺の動きが止まった。

「ああ、早く入れ――」

どうにか男の見栄を保とうとしているのか、渡辺がぶっきらぼうな口調で返事をした。

「………」

直美がドアを開けようとしたとき、ガチャッと音を立ててドアが開いた。渡辺が待ちきれずドアを開けたのだ。

いきなり直美の手元が動いた。

「うわ――！　て、てめえ……」

顔を歪《ゆが》め睨《にら》みつけた渡辺の体が前屈みになった。

腹部を押さえた渡辺がガクッと膝《ひざ》をついた。

「動くんじゃない！」

直美が鋭い眼差しを向け、ぴたっとナイフを首筋につきつけた。

「てめえは誰だ、なぜ俺を……」

渡辺が腹を押さえ、苦悶《くもん》しながら聞いた。

その渡辺の目に刺青がはっきり見えていた。体を斜めにした直美の背中に見えた般若の顔に、言いしれぬ恐怖が背筋から後頭部に向けて駆け抜けた。

こんなものを彫っていたのか……渡辺は、激しい痛みを感じながら、完全に顔色を失っていた。

「私は阿修羅」

「阿修羅だと、ふざけたことを――」

「おまえたちは、刑事とその子供を殺し、証拠を消すために、平気で遺体に火を点けて焼いた。惨いことを――」

直美は床のタイルを伝い、排水溝に流れている鮮血を見て、憎しみを露わにした。

「何を言っている。人を殺したとか遺体を焼いたとか」

「知らないとは言わせないわよ。殺されたのは私の家族だからね」

「なんだと、うう……」

渡辺が苦しそうに顔を歪め、荒い息遣いをした。

「警察でうちの人が自殺したと言われたが、殺したのはおまえたちだ」

「し、知らん、何のことだ」

「ここまで来て、まだ白を切るつもりなの。それならそれでいいわよ」

冷たく言った直美の手が俊敏に動く。顎の下からこめかみにかけて深く切り裂いた。

ぱっくりと開いた傷口から真っ赤な血が噴き出す。その血がシャワーに流された。

「ぐう……やめろ、や、やめろ……」

渡辺は震え上がった。

「やめろだって？　誰にものを言ってるのよ。これは遊びじゃないんだ。口の利き方に気をつけるんだね」

「うう……助けて、助けてくれ……」

「人を殺したあんたみたいな男が、いまもこうしてのうのうと生き続け、殺された者が罪を被《かぶ》る。こんな理不尽なことは絶対に許せないんだよ」

「た、頼む……」

渡辺には、さっきの勢いも、見栄を張る余力も失っていた。紫色になった唇をわなわなと震わせ、情けない顔をして、ただ命乞《ご》いをした。

「他人の命は平気で取るが、自分の命は惜しい。父親を殺された四歳の子供が、どんな恐怖を味わったか、おまえも同じ恐怖を味わうといい」

直美が激しい怒りを抑えきれなかった。

「助けてくれ……」

渡辺が懇願するように、声を震わせた。

この女が、刑事と子供の妻だったとは……渡辺の脳裏に、殺害したときの状況が鮮明に甦《よみがえ》った。

「そんなに助かりたいの。ヤクザってこんなものなの。相手をいたぶるときは嵩《かさ》にかかるくせに、自分がいたぶられると命乞いをする。ざまがないわね」

直美が激しい言葉を叩きつけた。

「た、頼む……」

渡辺は形振《なりふ》り構わなかった。ただ助かりたい一心だった。

「おまえが助かる道はたった一つ。いまここで、知っていることをありのまま話すしかない。自分で結論を出すんだね」

「わ、わかった。言う、言うから助けてくれ……」

「夫と子供をなぜ殺した。嘘を言ったり、中途半端な、適当な話をしたら、その時点で殺す」

直美が脅しながら、一番気になっていたことを聞いた。

「俺じゃねえ。俺は何も知らない。ただ呼ばれて手伝わされただけだ……」

渡辺が必死で頭を横に振った。

「誰から呼びつけられたのよ」

「新田の兄貴だ……」

「新田だけじゃ、どこの誰かわからないでしょうが。名前は！」

「新田英吾……」

「じれったい男だわね。あんたも暴力団篠崎組の組員として、男を売り物にしているヤクザならヤクザらしく、さっさと言いなさい！　もう一人共犯者がいるでしょうが！」

直美は、小出しにする渡辺の喋《しゃべ》り方に、苛々した。

「こ、殺したのは笠松という男だ。俺は、俺は、極仁会系の組員じゃねえ。ただ現場で新田の兄貴に笠松を紹介されただけで、どこの誰か知らん。本当なんだ。新田の兄貴なら知っている……」

「おまえが組員であろうがなかろうが、どうでもいい。じゃ、新田は今どこにいる。住所と連絡方法は！」

直美が厳しく詰問した。

「渋谷、渋谷のマンションに住んでいる。住所も電話番号も、俺の携帯に入っている」

渡辺は助かりたい一心からか、苦しさと痛みに顔を歪めながら白状した。

「嘘じゃないわね」

直美がきつく念を押した。

「嘘じゃねえ……テーブルの上に置いてある携帯を見ればわかる」

「新田はどこを拠点に動いているの？」

「渋谷の駅前に行って聞けばわかる……」

「もうひとつ、おまえたちが手に入れている拳銃はどこから持ち込んでいるの」

「俺は知らん。新田の兄貴に聞けばわかる。兄貴は銃を売り捌《さば》いているから……」

「新田が銃を売り捌いている？」

「ああ、本当だ……」

渡辺が苦しまぎれに喋った。

「そう、それだけは信用してあげる。ご苦労だったわね」

直美が言うなり、喉を掻《か》っ捌いた。

「うぐ……」

短く呻《うめ》いた渡辺の体が、頭から床に突っ込むようにして倒れた。

「思い知ったか――」

直美は、ガクッと首を折った渡辺と、飛び散った鮮血を見つめながら、夫と子供の姿を思い浮かべていた。

第四章　復讐《ふくしゅう》の道

1

渡辺が殺された二週間後、晴海埠頭に停められた車内から射殺された新田英吾の死体が発見された。

北本警部以下、里村警部補たち捜査一課の刑事と、鑑識課の日高部長をはじめ鑑識課員が証拠集めと検死を続けていた。

日高は、渡辺と新田を殺したのが直美だということも、すでにわかっていた。が、そのことはおくびにも出さず、黙々と鑑識活動を続けていた。

「松浦部長、被害者の身元はわかったか」

警部の北本が聞いた。

「新田英吾という篠崎組の組員です。犯人はおそらく、初めから殺すつもりで殺したんでしょうね」

松浦が厳しい顔をして言う。

「殺すつもりで殺した？」

「理由はわかりませんが、犯人は激しい憎しみを持っているように感じます」

「なるほど……」

「それに、これは女の仕事じゃないですかね」

「女？　なぜ女だと判断できる」

里村が聞き返した。

「ほとんど争った形跡が見当たりません」

「うん――」

「この男はズボンを半分ずり下げています。常識的にはよほど安心できる相手、つまり女だと考えるのが、自然じゃないですかね」

松浦がさらに険しい表情を見せて言う。

「たしかにそうだな。そうするとこの男の女関係を洗えば、比較的早く犯人が割れるかも知れんな。狭間刑事、他の者と協力して、この近辺の聞き込みを徹底しろ。目撃者がいるかも知れん」

北本が指示した。

「はい」

狭間が返事をして車から離れた。

その狭間に鋭い眼差《まなざ》しを向けた松浦が、眉間《みけん》に深い縦皺《たてじわ》を作り、難しい顔をして遺体を見つめていた。

「松浦部長、犯人が女と断定するのは、少々早くないですか」

日高が口を挟んだ。できるだけあやふやにしておきたかった。

「そうですかね……」

「日高部長はどう見ているんだ」

北本が聞いた。

「松浦部長の言うように、可能性はあると思います。否定するわけではないですが、ただ、シートの上に女のものと思われる陰毛や、毛髪が落ちていません。もし女がこの男に抱かれたとしたら、陰毛や頭髪の一本や二本、落ちていてもおかしくはないと思うんです」

日高が、松浦の言葉を肯定しながら説明した。

シートの上に頭髪が数本落ちていた。直美の犯行だと直感した日高は、その頭髪を素早く隠していたのだ。

「そうですか……」

松浦が、ちょっと不満げな表情を見せたが、あえて、それ以上は自分の意見を口にしなかった。

「差し出がましいことを言って、申し訳ありません」

日高もそれ以上くどく、自分の主張はしなかった。

「日高部長、この殺害状況から見て、犯行の動機はどう見ますか」

松浦があらためて聞いた。

「そうですね、やはり怨恨《えんこん》でしょうか。現金の入っている本人の財布も残っています。このことからも、単なる強盗殺人とは考えられません」

日高はあえて隠さなかった。

被害者は、完全に頭を狙《ねら》って撃っている。刑事や他の鑑識課員がこの現状を見れば、誰でも単純な物盗《と》りによる犯行だとは思わないだろう。

日高はそう考えて、見たままを感じたままを話した。

「やはりそう思いますか。被害者は篠崎組の組員です。いろいろ恨まれるようなこともしているでしょうからね……」

松浦が話しながら小さく頷《うなず》いた。

「犯人が男であれ女であれ、いまこの時点で絞り込む必要はない。もう少し状況証拠、物証を集めてから結論を出しても遅くはない。まずは検死を済ませ、遺留物を発見することが先だ」

北本が二人の中に割って入り、新田の遺体に再び目を凝らした。

と、日高の携帯電話が鳴った。日高は検死の現場から少し離れて、電話に出た。

「はい、日高」

――おじさん、私です。いまよろしいですか。

電話をかけてきたのは、直美だった。

「おお、久しぶりじゃないか。どうしていたんだ」

日高がチラッと検死を続けている北本たちに視線を向け、わざと直美からの電話であることを気付かれないよう、咄嗟《とっさ》にその場を繕《つくろ》った。

――傍《そば》に誰かいるのですね。手短に話します。

直美が空気を察して言う。

「うん――」

――笠松の居所がわかりました。これから笠松の逃走先、神戸の有馬に行きます。また詳しい状況は夜にでも報告します。

「そうか、よかったじゃないか。すまん、いま手が離せないんで、また式の日取りが決まったら知らせてくれ」

日高が勝手に話を作って、早々に電話を切った。

三人目の男、笠松を神戸まで追いかけていくのはいい。直美の覚悟はわかるし止めようがない。

この都内にいるのであれば、いざというときに駆けつけてやることもできる。だが、神戸となればそうもいかない。

しかも相手は暴力団の組員。直美はすでに渡辺と新田を殺している。この情報が相手に通じてないはずはない。

笠松は、当然ガードを固める。篠崎組の組長をはじめ、組員も血眼《ちまなこ》になって殺した相手を捜しているはずだ。

いや、すでに直美が殺したことに相手は気付いていると考えた方がいい。現実におかしな動きがすでに出ている。

保険会社は被害届を出さなかった。だが、実際に金が動いていたことはほぼ間違いない。ところが三億の金の流れが未《いま》だにはっきりしていない。

篠崎組の連中が単なる実行犯だとしたら、篠崎組の背後に黒幕がいるのは間違いない。その黒幕を早く突き止めなければ――。

すでに私と直美が通じ合っていることは、相手に気付かれていると見ていい。

現に家の電話も盗聴されていた。毎日二十四時間、誰かに尾行され、見張られている感じがする。私の動きは完全にマークされている。

家に備え付けている加入電話や、居間とキッチンの差し込みプラグの中に、小型の盗聴器が取り付けられていた。

それがわかったのは篠崎組の渡辺が殺された後だった。

若い女や人妻、仕事の関係者が盗聴器を仕掛けられるのなら、まだ説明もつく。

だが私のような一介の鑑識課員が、盗聴器を仕掛けられること自体、おかしいし、腑《ふ》に落ちない。

それに、私が独りで住んでいることや、こっちの動きがわかっている相手なら、私の留守中家の中に忍び込み、盗聴器を仕掛けることなど、何の造作もない。

直美との関係を疑われていなければ、尾行されたり盗聴されることはない。

日高は、自分の周りで起きている不審な出来事に、神経を使っていた。

2

夕方、外から戻ってきた井原が鑑識の部屋を覗《のぞ》いた。

「親父さん、奥さんから何か連絡がありましたか」

井原が聞いた。

「いや、連絡がないんだ。私も気になっているんだが――」

日高はあえて直美のことを話さなかった。

「そうですか、連絡はありませんか……親父さん大丈夫ですかね」

「大丈夫だ。何かあったら必ず私のところへ電話がある。連絡がないということは、無事な証拠だ」

「それだといいんですが……」

「井原、一つ聞きたいことがある。おまえ誰かに尾行されているとか、見張られているようなことはないか」

日高が気になっていたことを聞いた。

「ええ、私も気になっていたんです。誰かにいつも尾行されているというか、見張られているような気がしています。親父さんもそうですか」

井原が聞き返した。

「やはりそうか、実は私もそうなんだが、家に盗聴器が仕掛けられていた。念のため、おまえも自分の部屋を一度点検してみろ」

「盗聴器が、ですか……確認してみます。しかし誰がそんなことを——」

「まだわからんが、おまえも私も大城とは特別な関係にあった。そのことが関係している可能性もある」

「一体誰が——」

井原が表情を曇らせた。

「私たちの動きが、気になる相手がいるということだ」

日高は話しながら、気持ちを引き締めていた。

「なるほど、やはり大城の死には、何か裏があるということですか。ところで親父さん、例の殺された浜田博士の件ですが、やはり、篠崎組の者から脅されていたことは、間違いないですね」

井原が頷きながら、話の矛先《ほこさき》を変えて報告した。

「うん」

「大城と浜田が、時々会っていたという情報もあります」

「何のために、二人にどんな接点があったんだ――」

「もう七年以上前のことですが、大城が交番勤めをしていたとき、受け持ち管内に浜田の家があったそうです」

井原が古い話を持ち出した。

「交番勤務のときから接点があったのか」

日高が険しい表情を見せて、考えながら話を聞いていた。

「ええ、浜田の奥さんが自転車に追突され転倒して、腕を骨折した事故があったそうです。そのとき偶然巡回中の大城が助け、そのときから浜田とは付き合いがあったようです」

「そうか、そんなことがあったのか……」

大城と浜田に、そんな接点があったことは、初めて耳にした。捜査一課なり、四課の者たちは、その辺のことを調べなかったのだろうか——。

日高が首を傾《かし》げながら、さらに井原の話に耳を傾けた。

「そんな繋《つな》がりがあったからだと思いますが、浜田は、自分が脅されていることを大城に話し、相談していたようです」

「すると、大城はその時点で篠崎組のやっている不正に気がついていたということか。で、浜田が篠崎組の連中に脅された理由は何だったんだ」

「酒が好きだった浜田は、篠崎組の息が掛かったペーパーカンパニー、株式会社京葉商事という実態のない会社から保険契約の話を受け、その後、何度もクラブに接待されたようです」

「つまり、酒好きという弱点を利用されたということか」

「そればかりではありません、十数人の保険契約をもらった浜田は、接待で飲みに行く回数を重ねているうちに、ホステスと親密な関係になり、それをネタに脅しが始まったようです」

「なるほど、そのホステスと親密になったのも、篠崎組の者が何らかの意図を持って仕掛けた。策略に乗せられたということなんだな」

日高が言って何度も頷いた。

酒を飲ませ女を抱かせる。昔から相手を陥れるときによく使う手だが、なぜ保険会社に勤めている浜田が狙われたのか、その理由が知りたかった。

「間違いないと思います。それで、篠崎組の目的ですが、どうも、保険会社の顧客情報が欲しかったようです」

井原がさらに新しい情報を耳に入れた。

「顧客情報が？　何のために――」

「理由の一つは、長年掛け続けている保険契約者が、金を借りたように装い、その金を横領させるためです」

井原が調べた結果を話した。

「たしかに保険会社は、掛け金の範囲内で融資をしている。その融資金を横領していたということか。で、他には？」

日高が頷きながらさらに聞いた。

「顧客情報は、振り込め詐欺《さぎ》に使っていたようです。名簿から高齢者の顧客を選び、知り得た住所から住民票の謄本や戸籍謄本を手に入れ、家族関係を調べたうえで電話を入れる。年金問題が世間を騒がせていれば、それをうまく利用する。つまり、その時々の社会問題を捉《とら》えて、振り込め詐欺を繰り返していたようです」

井原が状況を説明した。

「すると、浜田は良心の呵責《かしゃく》に耐えかねて、警察官である大城に、そのことを相談していた可能性もあるな」

日高が、井原の話に納得した。

篠崎組としては、警察の手入れをもっとも恐れる。だから自分たちを裏切ろうとした浜田と、相談を受けていた大城の口を封じるため、殺害した。

それであれば、二人が殺されたことも頷ける。日高はそう思った。

「おそらく篠崎組の者は、浜田が裏切ったと考えたんだと思います。大城は警察の人間。悪くすれば警察に摘発される。大城の存在は、篠崎組にとっては危険きわまりない男。そう考えて犯行に及んだとしても、おかしくはありません」

井原が、自分の推測を交えて話した。

「わかった、井原、いまの話は上司に報告したか」

日高が厳しい顔をして確認した。

「いいえ、まだ誰にも話していません。まず親父さんにと思ったものですから――」

「そうか、井原、しばらくこの話は伏せておいてくれ」

「それは構いませんが……」

「ちょっと気になることがある。まだはっきりしないが、私の協力者からの情報によると、どうも、篠崎組を裏で操っている者がいるようなんだ」

日高が眉《まゆ》をひそめて考えながらいう。

「誰ですか、篠崎組を背後で操っているというのは――」

井原が怪訝《けげん》な顔をして聞き返した。

「まだいまは言える段階ではない。証拠がないんだ。はっきりした証拠を摑《つか》んだらおまえにも話す。それに、いまおまえは知らない方がいい。大城の二の舞になっては困るからな」

日高が厳しい顔をして、奥歯に物が挟まったような言い方をした。

「俺が？　親父さん、大城の二の舞とはどういうことですか」

井原が身を乗り出して、真剣な眼差しを向け聞き返した。

「篠崎組と浜田の関係を調べているおまえに、危険が及ぶかも知れないということだ。いいか井原、これからは特に慎重を期してくれ。何か事が起きてからでは遅い。取り返しがつかないようになる前に、注意することだ」

日高がさらに厳しい表情をして、注意を促した。

「俺たちの動きが気になるということは、浜田の事件や大城の死を調べられては都合が悪い、困る奴がいる証拠ですね」

井原が表情を強張らせた。

「その通りだ。篠崎組とそのバックにいる何者かが、私たちの行動に気付いているということだ。殺したのはたしかに篠崎組の者だ」

「ええ」

「殺しを命じたのは、おそらく組長の篠崎雄二だろう。ただ、その組長の篠崎に、浜田と大城を殺せと命じた黒幕がいるとしたら。その黒幕がおまえや私を狙う可能性は、十分考えられる」

「たしかに……」

「浜田が横領したという三億の金だが、それほどの大金が手に入っていれば、篠崎組も潤《うるお》っているはずだ。ところが今のところ、篠崎の懐に入った形跡がない」

「つまり、その金がそっくり黒幕の手に渡ったということですか」

井原は、暴力団の篠崎組を操っているのは誰か、上部団体の極仁会なのだろうかと考えていた。

「おそらく間違いない。いま私の協力者を通じて、その辺のところを探っているところだ。井原、はっきりした証拠を摑むまでは誰も信用するな。たとえ、警察の同僚でもだ。でなければ、おまえ自身はもちろん、直美にも危害が及ぶかも知れん」

日高が、嚙《か》んで含めるように言った。

「わかりました。細心の注意を払って捜査を続けます」

井原は事件の主犯が誰か気になっていた。

「井原、耳を貸せ――」

日高が周囲に鋭い視線を配りながら、小声で井原に囁《ささや》きかけた。

「え!?　まさか……本当ですか？」

井原が驚くと同時に顔色を変えた。

耳打ちされた日高の言葉は、すぐには信じられなかった。嘘《うそ》だろう、そんな感覚だった。

「まず間違いない。ただ、証拠がない。私も証拠を捜すが、おまえもこの点に絞って、できるだけ極秘に調べてくれ。いいか、このことは口が裂けても絶対に喋《しゃべ》るな」

日高がきつく口止めした。

「はい……」

緊張した井原が、ゴクリと生唾《なまつば》を飲み込んだ。

「これから私たちは、できるだけ直接会わない方がいい。それから、個人の携帯電話だが、番号を変えろ。私も変えた。誰と通話しているか記録を確認されている恐れがある」

「そうですね、わかりました……」

「これが私の新しい携帯の番号だ。何かあったらこの番号にかけてくれ。会うときは私の方から指示する」

日高がきつく言って、携帯電話を操作して番号を見せた。

「それじゃ携帯電話を買い換えたら、連絡します」

井原が、日高の番号をメモして言う。

「そうしてくれ、直美には、私から何かあったときは、おまえに連絡をするように言っておく」

「わかりました。それじゃ親父さん、私はこれで。また連絡します――」

硬い表情をした井原が頭を下げて、鑑識の部屋を後にした。

3

「日高部長、ちょっといいですか」

井原が鑑識課の部屋を離れ、小一時間経った頃、捜査一課の松浦部長が訪ねてきた。

「ご苦労さんです。どうぞ」

日高が椅子《いす》を出して着座を奨《すす》めた。

「どうですか。指紋など新しい証拠は出ませんか」

松浦が確認した。

「複数の指紋が採取できたのですが、いまのところ新田以外に、前歴者の指紋は見つかっていません」

日高は、直美の犯行だとわかっていただけに、事件現場に直美の指紋が遺留されていないか気を遣った。

直美が警察官を拝命したとき、十指指紋が採られ警察に保管されている。だからもし現場に指紋が残っていれば、と思っていた。

が、おそらく犯行時に手袋をはめていたのだろう、幸いなことに直美の指紋は残されていなかったのだ。

「遺留指紋から犯人を割り出すことが難しいということですか……他に犯人に繋がる手がかりはありませんか。足跡や毛髪、被害者の血液に混じって、犯人の血液が落ちていたとか、どんな些細《ささい》なことでもいいのですが——」

松浦が困ったような顔をして聞いた。

犯行現場は証拠の宝庫。犯人に繋がる何らかの痕跡《こんせき》が残っているはず。松浦は長年の経験から、何か事件に繋がるようなものが、必ず残されていると思っていた。

「残念ながら、発見できませんでした」

日高が、顔色一つ変えず冷静に応《こた》えた。

「そうですか……ところで日高部長、うちの警察署管内で起きた事件ではありませんが、横浜で起きた事件は知っていますね」

松浦が話の矛先を変えた。

「ええ、それが何か……」

日高が怪訝な顔をした。

「実は、首を切られ殺された男ですが、渡辺剛史といって篠崎組の準構成員でした。つまり、今度殺された新田との繋がりが出てきたんです」

「横浜の射殺事件と、今度の事件に接点があるということですか」

「接点があるかどうか、今のところ具体的にはわかりませんが、これだけ短期間に、篠崎組と関係のある二人が殺された。しかも、ここだけの話ですが、前に殺された保険会社の浜田と大城刑事も、篠崎組の者と関わりがあった。これをどう思いますか」

「篠崎組を介して、二つの事件が繋がってきたということですか……松浦部長は、両事件は同一犯の犯行と見ているんですか？」

日高が逆に聞き返した。

「まだ事件そのものが関連しているかどうか、確証はありませんが、犯行の手口から考えると、一見、同一犯の仕業ではないように見えます」

「ええ」

「ところがですね、聞き込みをしていくうちに、両方の事件現場付近で、女が目撃されていることがわかったんです。しかも、その女の人相がよく似ている」

松浦が、日高の顔に鋭い視線を向けて、捜査の結果を話した。

「女が？　その目撃された女が、直接二つの事件と関わりを持っている。そういうことですか」

日高が険しい顔をして聞き返した。

「いや、そこまではわかりません。ただですね、新田が殺されたときに使われた凶器の拳銃ですが、科研で鑑定した結果、遺留されていた弾丸から、スミス&ウエッソン三十六LSという拳銃で、三十八口径のレボルバーです。この銃は一九九〇年に米国で発売された、レディ・スミスという拳銃で、女性をターゲットにして作られたモデルだということがわかったんです」

松浦が詳しい話をした。

「そうですか……」

日高が眉をひそめた。

「私は拳銃に詳しくありませんが、科研の説明ではそのようです。日高さん、我々は、残忍な犯行手口と、暴力団の篠崎組が絡んだ事件だったこともあって、てっきり犯人は男だと思いこんでいた。しかし、もしかしたらその考えは、初めから見間違っていたのかも知れません」

松浦が捜査の見直しを示唆した。

「そうですか……で、その目撃された女はどこの誰か、目星はついているのですか?」

日高は小さく頷きながら、直美のことを考えていた。

「いや、そこまではわかりません。似顔絵を造ろうと思ったのですが、残念ながら目撃者の記憶が曖昧《あいまい》で、結局無駄でした。しかし、女が目撃されていることも、また事実です。それで、犯行現場から、何か女に繋がるような手がかりはないかと思いましてね」

「そうでしたか。しかし今のところ、女に繋がるような手がかりはありません。申し訳ありません」

日高が頭を下げた。

「いや、日高部長に頭を下げられたら、こっちが困ります。もし、少しでも手がかりがあったら知らせてください」

「わかりました」

「お願いします。警部からも何とか手がかりを捜せと言われていますので……」

「役に立てるかどうかわかりませんが、われわれ鑑識課の者が一丸になって、何とかやってみます」

「ところで、大城の奥さんは元気にしていますか。以前一課の部屋へ訪ねてきたとき、沖縄に帰るといっていましたが」

松浦が話を変えて聞いた。

「病院から抜け出したあと、まったく連絡がありません。そうでしたか、一課の部屋を彼女が訪ねたんですか。それなら私のところに立ち寄ってくれればいいのに、なぜ寄ってくれなかったんだろう」

日高が惚《とぼ》けながらキュッと眉をひそめた。

「部長のところには、寄らなかったのですか。てっきり訪ねたと思ったんですが」

「私の顔を見れば大城のことを思い出す。だから会いたくなかったのかも知れないですね。で、彼女は元気でしたか」

「あまり元気はありませんでしたが、沖縄に帰って心の傷を治したい。そんな意味のことを言ってました」

「そうですか。いずれ落ち着いたら連絡をしてくるでしょう。彼女は精神的にもかなり参っていましたからね。故郷で静養するのがいちばんです。何とか立ち直ってくれればいいのですが……」

日高が心配そうに言った。

「奥さんはまだ若い。辛いことを乗り越えて幸せになってもらいたいですね」

松浦も気にしているのか、心配そうな表情を見せた。

「たしかに部長の言うとおりです。早く心の傷を治してくれればいいのですが、こればかりはどうにもなりません。心の傷を治すのも治さないのも彼女次第ですから。我々はそっとしているしかありません」

「そうですね、なまじこっちからあれこれ言えば、却《かえ》って嫌なことを思い出させます。そっとしておくのが、いちばんの気遣いかも知れないですね。それじゃ何か新しい手がかりが摑めましたら知らせてください——」

松浦が日高の言葉に同調しながら、席を立った。

その後ろ姿を見送った日高は、直美のことが心配になった。

捜査一課では、横浜で起きた渡辺の事件と新田の事件を結びつけて捉えている。しかも、犯人は女と見ている。

松浦部長が、わざわざ私のところへ来て、女が目撃されていることを話したということが、何よりの証拠。

ただ、気になるのは、部長が最後に直美のことを持ち出したことだ。

たしかに直美を疑うようなことは言っていなかった。しかし、わざわざ直美のことを持ち出して、消息を聞いたということは、疑っているからだ。

おそらく沖縄県警を通じて、直美が実家に戻っているかどうか、確認するだろう。そうすれば、実家に戻っていないことはすぐにわかる。

直美には誰よりも強い動機がある。捜査一課の者が疑わないはずはない。だとすれば、直美の足取りを追うはず。

もちろん私が居場所を教えなければ、しばらくは発見されない。だが、警察はそんなに甘くはない。

ークするだろう。

篠崎組に関わる二人が殺されたことで、捜査四課と協力して篠崎組を徹底して調べ、マ

悪くすれば、篠崎組にも直美の情報が入る。だとすれば、直美はますます動きづらくなる。危険が伴う。

直美が、神戸にいるという笠松昭夫を殺せば、間違いなく次は組長の篠崎雄二を狙う。渡辺と新田が殺されたとなると、おそらく、篠崎はがっちり周りを固め、警戒するだろう。それだけ隙《すき》がなくなる。狙うことが難しくなることは事実だ。

すでに命を捨てている直美は、どんなに自分の身に危険が及ぼうと、絶対に諦《あきら》めないだろう――。

日高は、自分に何ができるか。どうすればいいか。何とかしてやらなければと考えていた。

4

ん？　気のせいだろうか――。

日高の脳裏をまた嫌な感じが襲った。

午後八時過ぎ、仕事を終えた日高は、警察署を出て、新宿の駅へ向かっていた。

新宿はいつもと同じように、行き交う人が溢《あふ》れていた。そんな人混みの中から、誰かに尾行され見張られている。そんな感覚に見舞われていたのだ。

日高は歩きながら、周りに鋭い視線を配った。が、自分を窺《うかが》っているような男女は視野に入らなかった。

やはり気のせいか。しかし井原も同じような感じを受けていると言っていた。これは気のせいではない。間違いなく誰かが私たちの動きを見張っている——。

日高は相手が見えないだけに、鳥肌立つ緊張を覚えていた。

盗聴の件もある。たぶん、私を尾行し見張っていれば、必ず直美の行き先が掴める。そう考えた誰かがいるのは間違いない。

その誰かとは誰だ。捜査一課の者か暴力担当の捜査四課の者か。それとも篠崎組の奴らか——。

いずれにしても、私を見張るということは、直美を捜していることの証《あかし》だ。と思いながら歩いているとき、携帯電話が鳴った。

「はい、日高——」

——井原です。親父さん、携帯電話を買い換えましたので、この番号を登録しておいてください。

「わかった」

――それからいま家から電話をしているのですが、やはり俺の家にも盗聴器が仕掛けられていました。

井原が興奮気味に言う。

「やはりそうか」

――俺のところは加入電話はありませんが、机の裏にあるコンセントと、オーディオのコードを差し込むコンセントに、仕掛けられていました。俺が二課の刑事だと知って仕掛けたということですよね。

井原が腹立たしそうに話した。

「当然だ。おまえがどこの誰と話しているか、それを知りたいのだろう。で、何か盗まれたようなものは？」

日高が眉間に縦皺を寄せて確認した。

――別にありません。もっとも俺の部屋に、金になるようなものは何もありませんから。しかし、誰がこんなことを。ふざけたことをしやがって。

井原が怒りを露《あら》わにした。

「私も尾行されているような気がする。井原、しばらくは気を抜くな。周りのすべてに目を配れ」

――わかりました。親父さん、盗聴電波は大体三百メートルから五百メートル飛ぶはずです。その距離の範囲で誰かがその電波を受けて、話の内容をずっと聞いていたということになります。

「うん、井原、尾行張り込みを一日中、いや、何日も何十日も続けることができる相手は誰だと思う」

日高があらためて聞いた。

――俺たち警察の人間か、興信所、金融などで強引な取り立てをする極道《ごくどう》まがいの者。あるいは、盗聴、盗撮マニアなどならできますが、いずれにしても、素人《しろうと》ではまず難しいでしょうね。

「その通りだ。もちろん、素人でも特定の相手に個人的な恨みを持っていれば、ストーカーのように執念で張り込みは続けられる。だが、私にしてもおまえにしても、個人的な恨みをもたれているとは考えられない」

――ええ。

「考えられるのはただ一つ。大城と浜田の事件に関わりを持っていて、私たちから事件を洗い直されては困る連中が、いるということだ」

日高は話しながら確信していた。

井原との話に気を取られていた日高は、一瞬、周囲に気を配ることがおろそかになった。

人混みの中から近づいてくる、若い男にまったく気付かなかった。

黒っぽいジャンパーのポケットに、両手を突っ込んでいる男の鋭い目は、真《ま》っ直《す》ぐ日高に向けられていた。

心なし顔が強張っている。顔色も青ざめていた。

――なるほど、ということは大城は無実と考えていいですね。

井原は納得した。

「間違いないだろう。おそらく個人ではない。裏で大きな組織が動いているような感じがする。井原、絶対に気を抜くな」

日高が注意した。その瞬間、人の流れを縫って早足で近づいてきた男が、日高の斜め後ろからドーンと体ごとぶつかった。

「死ねー!」

男の手に握られていた、刃渡り二十センチほどもある大型のナイフが、日高の横腹に深く刺さった。

「うっ、てめえ……」

日高が顔を歪《ゆが》めて振り向いた。無意識のうちに振り回した左手の拳《こぶし》が、男の顔面を捉えた。

「うわー!」

喚き立てた男が不意を食らって足を縺《もつ》れさせた。どさっと尻餅《しりもち》をついた。

が、転がるようにして素早く立ち上がった男は、咄嗟に踵《きびす》を返した。ナイフを日高の腹に突き立てたまま、男は、振り向きもせず一目散に人混みの中に走り去った。

——親父さん、親父さん、どうしたんですか！

電話の向こうで異変に気付いた井原が、大声で聞き返した。

「うう、井原、刺された……」

日高が、苦しそうな声を漏らした。

ナイフが刺さった傷口に手を当てた日高が、ガクッと膝《ひざ》を折った。刺さったナイフを押さえた手が真っ赤に染まった。

が、日高は腹に刺さったナイフを抜かなかった。抜けば傷口から大量の血が噴き出す。失血死をする恐れがあったからだ。

——刺された!?　大丈夫ですか。親父さんどんな状況なんですか。そこはどこですか！

井原が声を張り上げて聞いた。

その間に通行人が、異変に気付き周りを二重三重に取り囲んだ。人垣がみるみる膨れあがった。

「し、新宿の駅前だ……黒い、黒いジャンパーを着た若い男に、腹を、腹をナイフで刺された……」

──救急車を、誰かに救急車を呼んでもらってください！

井原がさらに声を張り上げた。

「うう……」

日高が顔を歪めた。

足を踏ん張り、必死になって立ち上がろうとする。が、足に力が入らず、膝ががくがくして立ち上がれなかった。

──親父さん、すぐ病院へ行ってください！

井原が心配して大声を出し続けた。

「………」

日高の耳には、携帯から聞こえてくる井原の大声は、しっかり聞こえていた。が、息苦しくて返事ができなかった。

──親父さんしっかりしてください。電話を切らずに俺の声を聞いてください。すぐそこへ行きます。救急車が来たら病院へ行ってください！

「し、心配するな、たかがこれしきのことで……」

声を振り絞った日高の顔面は、蒼白《そうはく》になっていた。

小さく震えている唇も血の気が失《う》せていた。

──何が心配するなですか！　いいですか、親父さんにもしものことがあったら、直美さんはどうするんですか。

「…………」

――大城の無実を誰が晴らすんですか！　親父さんを頼り切っている直美さんを、独りにするつもりですか！

「うう……」

――親父さん、しっかりしてください。犯人の正体を掴む前に死ぬつもりですか！　他人に罪をなすりつけて、ぬくぬくと甘い汁を吸い続けている奴らを許せない。そう言っていたじゃないですか！

井原が話を途切れさせないように、しゃべり続けた。

話が途切れた瞬間、意識が遠のくことがある。ただ気を失うだけであればいいが、そのまま息を引き取るといった例を、これまでも見聞きしてきた。

井原はそれがわかっていただけに、とりあえず救急車がくるまでの間、喋《しゃべ》ることをやめてはいけない。話し続けなければと、無意識のうちに思っていたのだ。

「私は大丈夫だ。井原、それより周りに気をつけるんだ。油断するんじゃないぞ。うう……」

日高の意識は薄れはじめていた。それでも井原のことを心配した。

――いま俺のことなど、どうでもいいじゃないですか！　親父さん、直美さんをまた悲しませるんですか！

「………」

日高には、井原の気持ちが伝わっていた。

たしかに井原の言うとおり。これくらいのことで死ぬようなことがあれば、直美をさらに困った立場に陥《おとしい》れる。それだけは避けなければ――。

そう思っていた日高の耳に、けたたましいサイレンの音が飛び込んできた。

5

その頃直美は神戸に来ていた。

新田から得た情報通り、笠松は有馬で金融業をやっている三木谷亨治の元で、手伝いみたいなことをしていた。

相変わらず派手さは抜けきっていない。毎晩のように地元にあるパブに、弟分の三木谷と連れだって出入りしていた。

人を二人も殺しておいて、毎日飲み歩いている。殺された者のことや、取り残された家族のことなど頭の片隅にも置いていない。

人の命など虫螻《むしけら》同然にしか思っていない。ただ、自分さえよければそれでいい。そんな身勝手な男が、いまもこうして遊び回っている。

直美は、笠松の動きを確認しただけで、むかついていた。許せなかった。胸の内側から突き上げてくる我慢できないほどの感情が、背中の般若に乗り移ったのか、直美には怒り狂った般若が、激しく蠢《うごめ》きはじめたような感覚を覚えていた。

もしかしたら、私が起こした事件のことは、もう笠松の耳に入っているのかも知れない。いや、当然耳に入っている。

直美はどうすれば、笠松と接触できるか考えていた。

集めた情報では、特定の女性と付き合っている話はない。しかし笠松も男。女に興味がないはずはない。

毎日のように飲みに行くということは、アルコールそのものが好きなのか、飲む場所の雰囲気を求めているのか、それとも特定の女性を求めて飲み屋に通っているのかは、わからない。

しかし、遊びとして飲み屋に出入りしていることは事実。だとすると、笠松が出入りする店に勤めて、接客しながら近づくという方法もある。

だが、それではあまりにも時間がかかりすぎる。自分が笠松の好みの女であればいいが、そうでなければ時間をかけても無駄になる。

それに、ほとんど三木谷が一緒に行動している。なかなか笠松と二人きりになるのは難しい。だとしたら、別の方法を考えるしかない。

いずれにしても、失敗は絶対に許されない。これは遊びではない。命を取るか取られるかの真剣勝負。相手が暴力団の人間だけに、逆に自分が命を取られるかも知れない。

それに私は、笠松の命を取って終わりではない。夫を殺すように指示した篠崎組の組長、篠崎の命を取るまでは、どうしても自分の命を奪われるわけにはいかない。

直美は、ぎりぎりの状態で相手の命を狙っていた。それだけに余計慎重になっていた。虫の知らせとでもいうのか、直美はふと、日高のことが気になり電話を入れた。

しばらくコールが続く。だが、なかなか電話が通じなかった。

何かあったのだろうか——。

直美は心配になった。

自分に協力してくれて、いろいろ独自に調べている。その過程で、相手に気付かれたのでは。そんな考えが脳裏を掠《かす》めた。その瞬間、

——はい。

男が電話に出た。

「あのう……」

直美が言いかけて口を噤《つぐ》んだ。

——もしもし、もしもし……。

男が声を掛け続けた。

「………」

相手の声を聞いた直美が、反射的に電話を切った。

たしかに掛けたのは日高の電話番号だが、その電話に出たのは明らかに別の男だった。

掛け間違ったのだろうか。そんなはずはないが、と思いながら直美は再度電話をかけてみた。

――奥さん、直美さんですね。井原です。

「えっ？」

直美は耳を疑った。

なぜ、日高の携帯に井原が出たのか、理解できなかった。

――切らないでください。直美さんですね。大切な知らせがあります。聞いてください。

井原が必死で言う。

「………」

すぐに電話を切ろうとした直美が、手を停《と》めた。井原の声は、どこか切羽詰《せっぱつ》まったような言い方をした。

――この電話は、親父さんから預かったんです。直美さんにすぐ連絡したかったのですが、俺は電話番号を知らないし、登録を見ても直美さんの電話は登録されていない。それでどうしようかと思いながら、電話が掛かってくるのを待っていたんです。

　井原が声を落とし、早口で言う。

「おじさんに、何かあったのですか？」

　直美は、いつもの井原と様子が違うと感じ、気になって聞いた。

――直美さんの耳には絶対入れるなと、口止めされていたんですが、いま、親父さんは病院の集中治療室に入っています。

　井原は、余計なことは言いたくなかった。

　警察にも不信を抱いている直美は、強い警戒心を持っている。だから事実を言わなければ、自分も信用してくれないだろうし、納得してもらえない。井原はそう思っていた。

「えっ!?　おじさんが？　井原さん、おじさんに何かあったんですか？」

　直美が言葉を繰り返し、急《せ》き立てるように聞いた。

――仕事が終わって帰宅途中、俺と電話をしている最中に刺されたんです。

「刺された！　まさか……それで、おじさんは大丈夫なんですか！　容体はどうなんですか――」

　直美が一瞬絶句した。が、すぐ気を取り直し聞き返した。

　刺された、集中治療室に入れられているということは、かなりの重傷。いや、重体なのかも知れない。

直美は井原の言葉が耳に残り、気持ちを動揺させていた。

――大丈夫です。無事に手術もすんで、いまは落ち着いています。医師も命に別状はないと言ってくれましたので、もう心配は要りません。私がずっと病院で親父さんの傍に付いていますから、あまり気にしないでください。

井原が安心させるように言った。

「よかった……で、犯人は捕まったのですか?」

直美がホッとしたような表情をして、さらに聞き返した。

――いや、逃げられました。二十代の若い男というくらいしかわかっていません。いきなり襲われ、防ぎようがなかったそうです。

「おじさんとは直接、話せないのですね」

――いまは無理です。

「わかりました。井原さん、私も用事が済み次第すぐ東京へ戻ります。それまで、何とかおじさんのことをお願いします」

直美は話すことさえ無理だと聞いて、やはり、命に関わるほどの傷を負っていると直感した。

おじさんしっかりして――と心の中で祈っていた直美は、できることなら、事情が許せばすぐに戻り、ずっと傍について看病したかった。

だが、せっかく神戸に来て、敵の笠松を捜し当てた。直美はその笠松の命を奪わないまま、帰京することはできなかった。

おじさん、私が東京へ帰るまで、どんなことがあっても死なないで——。

直美は井原に頼み、ただただ無事を祈るしかなかった。

——直美さん、冷静に聞いてください。俺は親父さんから頼まれて、例の殺された浜田と大城のことを調べ直していたんです。それでわかったことがあります。大城は自殺なんかじゃない。大城は、浜田の相談に乗ってやっていた。それで殺されたんです。

「ありがとう、井原さん……」

——それからもう一つ。俺と親父さんの家に、盗聴器が仕掛けられていました。

「盗聴器が？」

——ええ、親父さんは、たぶん直美さんと連絡を取っているかどうか、犯人が確認するためだろうと言っていました。

井原があらためて事情を説明した。

「…………」

——それから犯人は、大城と浜田のことを調べられては困る者だと言っていました。それで俺にも注意するようにと。俺と親父さんはずっと尾行され、見張られていたんです。

「おじさんや井原さんもですか。私も毎日そんな気がしてならなかったんです。そうだったんですか……」

——直美さんも、尾行されたり、見張られていたんですか。

「具体的に、誰からというわけではないのですが……」

直美は話をしながらも、まだ井原を本心から信用していなかった。もちろん井原は大城の親友。だが、親友だから絶対に裏切らないという保証はない。裏切るということもある。

刺された日高の電話を持っていたこともそうだ。他人の電話を井原さんが持っているのもおかしい。

もしかしたら、私の所在を確認するために自分が刺して、電話を奪ったのではないだろうか——。

直美の中で、どうしても疑う気持ちが抜けきれなかった。

——親父さんは、協力者から情報を集めていました。その結果、篠崎組の背後に黒幕がいるとも言っていました。

「黒幕？　誰ですかその黒幕というのは」

直美が硬い表情を見せて聞き返した。

——まだ俺にはわかりません。ただ、親父さんは俺に、いま調べているがまだ確証がない。はっきりしたら言う。犯人は身近にいる。だからおまえも十分身辺には注意しろと、言っていた矢先でした。

井原が悔しそうに言う。

「そう……」

――直美さん、何度も言いますが大城は絶対に白です。事件の真相を知ったために口を塞《ふさ》がれたのは間違いありません。親父さんが大城のことを再度調べ始めた途端に襲われた。それが何よりの証拠です。

井原が強い口調で言った。

「ありがとう。でも、もういいんです。井原さん、これ以上大城の事件に関わらないでください。あなたにもしものことがあったら大変ですから……」

万々が一、井原に危害を加えられたらと、直美は心配していた。

だが、井原はまだ、直美自身が篠崎組の者を殺し続けていることは知らないはず。これ以上事件に深入りすれば、いずれそのことに気付く。

そうなれば否応なしに、井原を事件に巻き込むことになる。それは直美の本意ではなかった。

自分の個人的なことで、井原の将来まで奪うようなことはできない。日高が襲われたいまだから、なおさら自分独りで片をつけなければと思っていた。

——何を言っているんですか。直美さん、無実の大城が罪を着せられたままでいいんですか。息子さんまで殺されたんですよ。それに大城のことを一番心配し、気にしていた親父さんまで襲われた。悔しくないんですか。

井原が感情を抑えきれず、声を荒立てた。

「…………」

——大城が殺され、親父さんまで瀕死《ひんし》の重傷を負わされたんです。こんなことをほっとけますか。俺は我慢できないですね。こんな汚いやり方をする奴は、絶対に許せん。直美さん、俺は独りでも納得がいくまで調べるつもりです。

井原が憤りを露わにした。

「ありがとう井原さん……」

——それからもう一つ、捜査一課も直美さんを捜しています。

「捜査一課が？　なぜ……」

——理由はわかりません。ただ、横浜で殺された渡辺の事件、それから新田が殺された事件。たぶんこのことと関連しているのだと思います。

「捜査一課の人たちは、二つの事件と私を結びつけて考えている。そういうことですか」

——俺の聞いたところでは、二つの現場で女性が目撃されていて、それが直美さんに似ている。チラッとそんな話を耳にしたんです。

井原が状況を説明した。

「わかりました。それじゃ井原さん、日高のおじさんのことは、よろしくお願いします。私もできるだけ早く帰りますし、帰京したらすぐ電話を入れますから」

直美は言って電話を切った。

もうこれ以上ぐずぐずしてはいられない。すぐ笠原との決着をつけて、東京へ戻らなければと思い、意を固めていた。

6

あなた、雅直、あなたたちを殺した三人目の男、笠原を明日殺すから見守っていてくださいね――。

夜ホテルへ戻った直美は、浴槽に湯をためながら、守り神のシーサーを彫った胸に手を当てて、笠原の抹殺を決断したことを心の中で報告した。

笠原の傍には、いつも三木谷が張り付いている。が、もうそんなことで躊躇《ちゅうちょ》している時間はなかった。

直美は一気に決着をつけるつもりで動いた。

笠原の行動はほぼ摑んでいる。周囲でそれとなく入れた情報によると、借金に来るのは個人商店主とか、主婦の客が多いらしい。

もっとも金貸しの事務所といっても、女の従業員がいるでもなし。いつも三木谷の使っている若い者がひとりいるだけ。

三木谷は昼間、集金のためほとんど外へ出ている。その間、笠原は若い者と一緒にいて、店から出ない。用心棒のようなことをして過ごしていたのだ。

夜なら人目につきにくい。殺すには周りが暗くなってからの方が動きやすいし、都合がいいのはたしかだが……。

その点昼間は人目につきやすいし、一見危険だが、逆に、ここ兵庫県の有馬は観光地。観光にきた者が街のあちこちを行き交っている。

その観光客の中に紛れ込むことで、姿を隠すことができるし、昼間なら怪しまれないで逃げる手段はいくらでもある。

それに笠松はもちろん私の顔を知らない。私がお金を借りる振りをして訪ねれば、容易に近づくことはできる。

しかも金を借りにきた客と間違って、油断している。そこを利用すれば、一気に片はつく。

直美はバッグの中から、風呂敷に包んで隠し持っていた拳銃と、サイレンサーを取り出した。

真っ昼間、ごく普通の格好をして、拳銃を入れたバッグを抱え、持ち歩いたとしてもまず怪しまれない。

警察官から職務質問され、持ち物を確認されることもない。

笠松を殺した後、すぐこの有馬を出れば、遺体が発見される頃には、私はもうここにいない。

すぐ神戸に出て新幹線に乗れば、夕方までには東京へ着いている。

かりに警察がここに泊まっている私のことをかぎつけたとしても、私の住所も変えているし、偽名で通しているからすぐには気付かれない。

それに、私は神戸もこの有馬温泉も初めて。警察がいうところの土地鑑も敷鑑《しきかん》もない。

あとはこのホテル内に、私の指紋を残さないようにさえ注意すれば、すぐには足がつかないだろう――。

直美は逃げるつもりはなかった。が、篠崎組の組長を抹殺し、日高が言っていたという黒幕を突き止めるまでは、誰にも捕まるわけにはいかなかったのだ。

明日、必ず笠松の命を取ると思いながら、拳銃を収《しま》った直美は、入浴してすべての邪念を払い除《の》け、すっきりした形で事に当たりたかった。

直美は浴室へ歩を進めた。

脱衣所に入り着ている服を脱ぐ。悩ましいほどしっとりした、女らしい見事なプロポーションが惜しげもなく露わになった。

腕、背中、そして豊かな乳房に彫られた刺青が、白い肌にくっきりと、鮮やかに浮き上がっている。

鋭く見つめる阿修羅の厳しい眼差しは、人を殺しながら、のうのうと生きている笠松に向けられていた。

浴槽には新しい湯が、なみなみと溢れている。かけ湯をした直美は、左足から浴槽に入り、ゆっくりと体を沈めた。

ザザザ……縁から勢いよく湯が溢れ出る。床一面に溜《た》まった湯が、渦を巻いて排水溝に吸い込まれた。

直美はしなやかな長い脚を伸ばした。揺れる湯面の動きに合わせて、太股《ふともも》に彫った経文がゆらゆら揺れている。

直美は日高のことが心配だった。だが、いまの直美に会うことは許されなかった。敵を討つまではという強い執念が、直美の感傷をぐっと押さえ込んでいた。

おじさんごめんなさい。こんなにお世話になっていながら、看病一つできなくて……。

直美は心の中で謝っていた。だが、いまは心を鬼にして我慢するしかなかった。

夫と子供を殺されたいま、たったひとり自分のことを理解してくれていた日高が、また瀕死の重傷を負わされた。そのことがさらに直美の怒りを増幅させていた。

おじさん、私が東京へ帰るまで、どんなことがあっても生きていてください。必ず会いに行きますから——。

直美は目を瞑《つむ》り、太股の経文をゆっくり手で撫《な》でながら、日高の無事を祈った。

それにしても誰がおじさんを……。

この時期に襲われたということは、日高のおじさんが、大城のことを調べていることに気付いた者、調べられては都合の悪い誰かがいるということになる。

その相手というのは誰だろう。篠崎組の組長なのだろうか——。

井原さんの話では、おじさんを刺したのは若い男だといっていた。組長であればチンピラをけしかけることくらいはできる。

しかし、日高のおじさんは現職の警察官。暴力団の者が現職の警察官を襲えば、警察の組織に対して牙《きば》を剝《む》くことになる。

そうなれば、当然、警察も黙ってはいない。徹底した捜査をはじめ、篠崎組をつぶしにかかる。

暴力団も馬鹿ではない。自分たちの不利になるようなことがわかっていながら、あえて手を出すようなことはしない。

それに、いきなり日高のおじさんを襲うというのも、筋が通らない。狙うのならまずこの私を最初に狙うと思うのだが……。

日高のおじさんは、事件の真相を探るために動いていた。その過程で真実を摑んだから、襲われた。そうとしか考えられない。

おじさんは、一体どんな証拠を摑んでいたのだろう。命まで取ろうとしたところをみると、相手にとっては間違いなく致命的なことに違いない。

それに、捜査一課が私を捜しているとなると、慎重に事を運ばなければ――。

直美は冷静に状況を分析していた。

が一方で、電話をかけてきた井原をどこまで信じたらいいか、戸惑っていた。

たしかに人柄もよく知っている。だが、日高のおじさんからは、彼が味方であるとも、全面的に協力してくれるとも、まったく聞いていない。

しかも、おじさんに協力して、夫の冤罪《えんざい》を晴らしてくれるために動いていたとしたら、井原さん自体も狙われるはず。それなのに危険にさらされた形跡がない。なぜ本人に危害が及ばないのか――。

直美の気持ちが、頑《かたく》なに井原を遠のけようとしていた。

まさか井原さんが、おじさんを刺したのでは。あるいは暴力団と組んで、大城を殺したのでは――。

直美の頭に最悪な事態がよぎっていた。

東京へ帰ったら井原さんと会って、はっきり確認するしかない。そんなことをあれこれ考えながら、手で湯をすくい、首筋にかけて肩を撫でるようにして滑らせる。

その都度、揺れる湯面の動きに合わせて、彫り物が単独で動き、いまにも飛び出しそうな感じがしていた。

と、再び直美の耳に、携帯電話の鳴る音が飛び込んできた。

井原だと直感した直美は、浴槽の中で立ち上がった。

体が温まっていたからか、色白の肌が桜色に染まっている。体に彫られた刺青が、鮮やかな色彩を放っていた。

バスタオルを取った直美は、豊かな乳房を隠すようにして、美しくしなやかに伸びた濡《ぬ》れた肢体に巻き付けた。

タオルで手を拭《ふ》きながら浴室から出た直美は、すぐ電話に出た。

「はい……」

――直美さん、井原です。驚かないで冷静に聞いてください。

井原の声は上ずっていた。かなり慌てていた。

「日高のおじさんに何か……」

直美の脳裏に嫌な考えがよぎった。

――日高部長のことではありません。篠崎組の組長が殺されたんです。

井原が意外なことを口にした。

「えっ？　いまなんて言ったの？　篠崎が殺されたですって？」

直美は聞き間違いではないかと思った。井原の言葉がすぐには信じられなかった。

――ついさっき、車の中から射殺された状態で発見されたんです。いま、暴力団の組長が殺されたということで、捜査四課はかなりばたばたしているそうです。それに、一課も動き出しています。

井原が口早に報告した。

「なぜ篠崎が、誰から殺されたのですか」

直美は頭を混乱させていた。

――まだ詳しい状況はわからない。これから情報を集めてくるが、直美さん、行動には、くれぐれも注意してください。それじゃまたあとで連絡します。

井原が言って電話を切った。

7

午前十時、チェックアウトしてホテルを出た直美は、日高のことを気にしながら、その脚で三木谷の事務所へ向かった。

肩から下げている黒い布製の大きな袋には、いつも持ち歩いているバッグの他に、サイレンサーを装着した拳銃を、すぐ使えるような状態で忍ばせていた。

事務所の前には、白塗りの乗用車が停められていた。

どこかに出かけるみたいだが、まさか、笠松が出かけるのでは——。

事務所の入り口が見える、少し離れたところから様子を窺《うかが》っていた直美は、じっと目を凝らした。

もし三木谷が出て行けば、事務所の中には笠原と若い者がいるだけ。その機会を待つしかないが、もし、笠松が出かけるのだとしたら、どうする。

タクシーであとを追うしかないが、そう都合よくタクシーが捕まるかどうか——。

直美は、様子を見ながらあれこれ考え、じっと事務所の入り口に目を凝らしていた。

ん?

直美の眼差しが鋭さを増した。

張り込みを初めて二、三十分も経っただろうか、黒い手提げのバッグを手に持った三木谷と、事務所で使い走りしていた若い男が出てきた。

若い男が運転席に、そして三木谷が助手席に乗り込んだ。

何か慌てているようだ。二人の顔が強張っているように見えたが、私の思い過ごしだろうか。

それとも、篠崎が殺されたという連絡が入ったからだろうか——。

三木谷が出て行くのを確認した直美は、あらためて気持ちを引き締め、事務所の中に入った。

視線の先には、煙草《たばこ》を吹かしている笠松の顔があった。

事務所はあまり広くはない。十畳くらいあるだろうか、二メートルほどのカウンターがあって、訪ねてくる客と、仕事をする場を区切っている。

奥には来客を迎えるからか、三点セットの応接セットが置いてある。笠松はひとりソファーに座っていた。

「あのう、すみません……」

直美が持っていた袋の中に手を入れ、顔を俯《うつむ》き加減にして小さな声をかけた。

「いま、事務所の者はいない。金を借りる話なら、昼からにしてくれ」

笠松が座ったまま言う。

「いえ、ここの事務所で、事務員を募集していると聞いたものですから。どうしても働きたいんです……」

直美は粘った。

できるだけ笠松を、カウンターの近くに引き寄せたかった。

手に持っていた布袋をカウンターの上に置いて、中に手を差し込んだ直美は、銃把を握りしめ、銃口を真っ直ぐ笠松に向けた。

「事務員を雇う？　そんなことは聞いてないな」

笠松が直美の言葉を受けて、立ち上がった。

意外にいい女じゃねえか。笠松が、ふと、つまらないことを考えた。

「そうですか……あのう、済みませんが、履歴書だけでも預かっていただけないでしょうか。またお昼から出向いて参りますので……」

直美の視線は、真っ直ぐ笠松に向けられていた。

「わかった、それは預かるが、あんた何ができるんだ。つまり得意なものとかあるのか」

笠松が興味を持ったのだろう、カウンターに近寄ってきて聞いた。

「得意なことですか、そうですね、拳銃を撃つことです」

「何、拳銃を撃つことだと？」

「ええ、こんな具合に――」

直美が笑顔を見せた瞬間、袋に手を入れたまま、まったく躊躇《ためら》わずに引き金を引いた。

プシュ、プシュ――。

連続二回小さな音がした。布を突き破った弾丸が、間近から笠松の胸を撃ちぬいた。

「うわ――！」

笠松の体が後ろへはじき飛ばされた。

背中の射出口から、パッと後ろに鮮血が飛び散る。

どさっと仰向《あおむ》けになって倒れた笠松は、それでも本能的に立ち上がろうと、懸命にもがいた。

「笠松、殺されるときの怖さがわかったでしょうが。私の家族を殺した報い。のたうち回って死ぬがいい」

直美が憎しみと怒りを叩《たた》きつけた。

袋の中からサイレンサー付きの拳銃を取り出した。

敏捷《びんしょう》にカウンターの中に入った直美が、銃口を笠松の頭に突きつけた。

「て、てめえは……」

笠松が胸を押さえ、苦し紛れに目を剝《む》いた。

「あんたに殺された、刑事の大城を知らないとは言わせないわよ」

「大城だと？　そうか、てめえはあの刑事の女房だったのか……」

「やっと気付いたみたいだね」

「新田と渡辺を殺したのも、てめえか……」

「法はおまえたちを裁かなかった。法が裁かないのなら私が裁く。おまえも新田や渡辺と同じようにね」

「うう……」

笠松が苦悶《くもん》しながら、怯《おび》えた眼差しを向けた。そこには粗野で乱暴、人を平気で殺すこともいとわない、暴力団組員の姿はすでになかった。

「夫と子供を殺された者の気持ちがどんなものか。おまえは二人を殺し、火を点《つ》けて遺体を焼いた。その挙げ句、逃走してのうのうと生きている。残された家族の怒り、恨みがどんなものか、たっぷりその体で味わってみるがいい」

直美が激しい憎しみを露わにした。

弱い者を攻めるときは、どんな非情なことでも平気でする。そのくせ、自分が責め立てられたときの情けない姿。これを見ただけでも辟易《へきえき》する。

渡辺を殺したときも、新田を殺したときも、そしていま目の前でのたうち回っている笠松もそう。自分の命だけは取られたくない。それで窮地に追い込まれたらあたふたする。

いつも我がもの顔に、やりたい放題のことをしているヤクザが、自分が殺されるとなるとあたふたする。見苦しい――。

直美は、笠松の顔に唾を吐きかけたい心境だった。

「組長、組長を殺したのも、てめえか……」

笠松が、胸を押さえ苦しみながら、途切れ途切れに聞いた。

「だったらどうなの。人を殺せば殺される。当然でしょうが。しかし、篠崎のことが、もう耳に入っているとはさすがだね。その情報を誰がおまえの耳に入れた」

直美が、笠原の言葉を聞いて詰問した。

「…………」

笠松が眉をしかめて口を噤んだ。

「言いたくなければ言わなくていい。素直に言えば命だけは助けてやろうと思ったけど、やめた。永久に口が利けなくしてやる」

直美がぐいと銃口を押しつけた。

「うう……」

笠松が苦しそうに顔を歪めた。その瞬間、ゲボッと口から血を吐いた。口を塞ごうとした手から鮮血が噴き出す。顎《あご》から喉《のど》にかけて真っ赤に染まった。

「笠松、おまえはなぜ主人と子供を殺した。何の恨みがあった」

直美が厳しく問い詰めた。

「うう……恨み、恨みなどはねえ……俺は、言われたとおりにしただけだ……」

真っ青な顔をした笠松は、苦しそうにもがきながら言う。

その声は掠れ、聞き取りにくいほど小さかった。

「恨みもないのに殺すなんて……誰から指示を受けたのよ！」

直美がさらに語気を強めた。

「うう……」

笠松が呻《うめ》きながら何かを言いかけた。

「男のくせにグジグジと。男ならわかるように、はっきり言いなさいよ！」

直美が拳銃を頭に突きつけたまま、いつでも撃つことができるように、引き金に指をそえ耳を近づけて聞き返した。

「直接殺せと指示したのは組長だ。うう……だ、だが、組長に命令したのは、警察の人間だ……」

笠松が呻きながら、新たな情報を口走った。

「何ですって!?　警察の誰が篠崎に命令したのよ」

直美の顔がみるみる強張《こわば》った。

すぐには信じられなかった。大城の死に、警察が関わっている。まさかという気持ちが、顔から血の気を引かせた。

「捜査一課の里村、里村警部補と聞いた。うそ、嘘じゃねえ……」

笠松が肯定した。

「…………」

直美は声を出せなかった。愕然《がくぜん》とした。

激しい怒りと憎しみが、全身から沸き上がってきた。

と同時に引き金を引いていた。感情を爆発させた直美は、笠原の頭に銃弾を撃ち込んでいた。

第五章　裏切り者

1

直美はまさかと思いながら、半信半疑のまま東京へ戻った。

私はそうだったけど、おじさんも四六時中誰かに見張られ、尾行されているようだと言っていた。

警察の者なら、尾行や張り込みは慣れたもの。それに、里村警部補なら暴力団の篠崎組を操ることはできる。

大城は、保険会社の浜田から相談を受けていたという。その相談が、三億もの大金を強《ゆ》請《す》り取られたことだったら――。

大城は相談を受けた後、自分なりに事実関係を調べていた。そして、事実を摑《つか》んだために、自殺に見せかけられて殺された。

さらに、相談した浜田も何者かに殺され、今度は大城の代わりに調べを進めていたおじさんが刺された。

里村警部補ならすべて大城や浜田、そしておじさんの動きを把握することができる。事実の発覚を恐れた里村が、篠崎組を使って口封じをしたと考えれば、すべて辻褄《つじつま》は合うし説明もできる。

もしかして、あの井原さんが、里村警部補の下で動いていたとしたら……。

直美は考えたくはなかったが、横浜で殺した渡辺と会っていたとき彼の姿を見たし、刺された日高の携帯電話を使って掛けてきた。そんな井原のことを思い出し、再び疑いを抱いた。

ただ、もし里村警部補と一緒に、警察官という立場を利用し不正をはたらいていたとしたら、絶対に許せない。

人を守るべき現職の警察官が、暴力団を使って金儲《もう》けをしている。

それればかりか、自分にとって都合の悪い相手を次々に抹殺してゆく。真面目《まじめ》に生きてきた大城が、その犠牲になったのは間違いない。

直美は背中にズキズキする痛みを感じた。それが幻痛であることはわかっていたが、どうにも抑えきれない強い怒り、憤りを覚えていた。

直美は一分でも一秒でも早く、日高の入院している病院へ駆けつけたかった。自分の目で容体を確認して声を掛けたかった。が、直美は思い止《とど》まっていた。

暴力団の組長篠崎を殺した犯人が、次に狙うのは間違いなく私。だとしたら、必ず日高の近くにいて様子を窺《うかが》っている。

これからは警察が相手となると、私を待ち伏せている可能性が大きい。いま大っぴらに姿を出すのは、あまりにも危険すぎる。もう少し様子を見てから動いても遅くはない——。

直美は慎重になっていた。が、やはり日高のことが気になった。

病室は制服の警察官や刑事たちが、厳重に警戒している。その警戒に当たっている警察官が、すべて仲間かどうかはわからない。

今の段階で、警部補の息がかかった者とそうでない者を、どうやって識別すればいいのか、直美は困惑していた。

が、やはり日高のことが気になって仕方がなかった。矢も楯《たて》もたまらず、井原から聞いていた病院に電話を入れた。

「恐れ入ります。そちらに日高達樹という方が、入院してますでしょうか」

直美は、日高が入院しているかどうか、念のため確認した。

「少々お待ちください」

電話に出た女性が待たせた。

「…………」

直美が携帯電話を耳につけたまま、神経を集中させた。

入ってくるわずかな音を聞きながら、動きを探っていた直美の耳に、誰からの電話だ、という声が聞こえた。

やはり傍に誰かがいる。警戒しているんだ——と思ったとき、再び女性が電話に出た。

「もしもし、お宅様は家族の方ですか?」

「はい、娘です。今日外国から帰ってきて、知り合いから、父が刺されたと聞いたものですから……容体はどうでしょうか」

直美がその場を繕い、気になっていることを聞いた。

「命だけはどうにか取り留めましたが、まだ昏睡《こんすい》状態は続いています。話すのは無理ですね。あ、ちょっと待ってください。警察の方と代わりますから……」

女性が話の途中で代わった。

——もしもし、捜査一課の松浦です。もしかしたら大城の奥さんでは?

松浦が自分の名を名乗って話しかけた。

「…………」

直美が反射的に電話を切ろうとした。

——奥さんですね、大事な話があります。そのまま聞いてください。

松浦が、直美の行動を察したのか口早に言う。

「…………」

直美は黙ったまま、再び受話器を耳に当てた。

――実は、日高部長が刺される直前、大城刑事のことで相談を受けていたんです。

「主人のことで相談を？」

――ええ、大城が自殺をしたというのは間違っている。真実を明らかにしたいが、自分独りでは動きが取れない。それで協力してくれないかと頼まれたんです。

「…………」

直美は、絶対に誰にも喋《しゃべ》るなと言っていた日高が、本当に捜査協力を頼んだのだろうかと思いながら、話を聞いていた。

――私も大城が人を殺すなどあり得ない。何かの間違いだと上司に進言したのですが、どうすることもできませんでした。奥さんならわかってもらえると思いますが、無実であることを証明できる新たな証拠が出てこない限り、すでに有罪とされた事件を覆すのは難しい。悔しいですが、私も日高部長も、上層部が出した結論を受け入れるしかなかったんです。

松浦が詳しい事情を説明し続けた。

「…………」

直美は口を噤《つぐ》んだまま、黙って話を聞いていた。

――私と日高部長は、大城の冤罪《えんざい》を晴らすためにはどうすればいいか話し合い、独自に事件を洗い直していた矢先に、部長が刺されたんです。

「………」

「奥さん、この先は私ひとりでも捜査は続けるつもりです。大城は私の部下です。日高部長が刺されたいま、このまま黙って引き下がるわけにはいきませんからね」

松浦が電話の向こうから、腹立たしそうに話した。

「もういいんです。いまさら犯人が捕まっても、主人や子供は戻ってきません。もう何も考えたくない。何もかも忘れてしまいたいんです。ただ、松浦部長さんが、主人の無実を信じてくださっただけでも、大城は喜んでいると思います。もう、そっとしておいていただけないでしょうか」

直美が諦《あきら》めたような言い方をした。

大城が無実であることは、すでに抹殺した渡辺や新田、そして笠松の自供からはっきりしている。

いまさら松浦部長から情報を入れるまでのこともない。私はもう後戻りはできない。狙《ねら》っていた組長の篠崎が殺されたいま、狙うのは里村警部補しかいない。

里村を殺すまでは、もう誰の手も借りない。これ以上誰も事件に巻き込みたくない。私ひとりで決着をつける。

直美は腹を括《くく》っていた。

――奥さん、奥さんの気持ちはわかりますが、捜査をしていくうちに、意外な事実がわかってきたんです。これだけは聞いてください。

松浦がさらに言葉を続けた。

「………」

――奥さん、大城刑事と同期で、捜査二課の井原英俊は知っていますよね。

「ええ、井原さんが何か……」

直美が眉《まゆ》をひそめた。

――非常に残念なことなんですが、実は、その井原が殺された浜田を強請っていたんです。

松浦が意外なことを口走った。

「井原さんが？　松浦部長さん、どういうことですか？」

直美が聞き返した。

――いまさら隠していても仕方がありません。正直に言いますと、日高部長は初めから井原を疑っていたんです。つまり、井原は保険会社の浜田を強請って、顧客名簿を出させ、篠崎組と組んで、チンピラ連中に振り込め詐欺《さぎ》をやらせていたんです。

「井原さんが、まさか……」

夫と同期で、あれほど仲のよかった井原が、チンピラを使って振り込め詐欺をしていたとは——。

直美は信じたくなかった。が、一方で、やはりそうだったのかと思い、激しい怒りを感じていた。

背中の般若《はんにゃ》と右腕に彫った修羅《しゅら》の面が怒りに震え、激しい痛みを感じさせていた。

大城や日高のおじさんが、あれほど信頼していたのに。

もし、松浦部長の言うとおりだとすると、里村警部補ともども、おじさんや私を裏切ったことになる。許せない——。

直美は言いようのない腹立たしさを感じながら、松浦の話に耳を傾けていた。

——浜田から相談を受けた大城刑事に、井原が大金を奪ったことや、顧客名簿を出させて振り込め詐欺をしていた事実を知られた。それですべての罪を大城になすりつけ、自殺に見せかけ命を奪った。

「…………」

——それればかりではない。まだはっきりした証拠を掴んでいるわけではないが、それ以上に大変な事実が出てきた。

「といいますと?」

直美が厳しい顔をして聞き返した。

ますか。

——奥さん、このことはまだ証拠がありませんので、絶対に口外しないと約束してくれ

松浦が声をひそめ確認した。

「はい……」

——実は、日高部長は、密《ひそ》かに井原の共犯者を探っていた。その結果、私の上司でもある里村警部補が、共犯者である可能性が出てきたんです。

「えっ？」

——つまりですね、暴力団の篠崎が若い者を使って振り込め詐欺をして得た金の、上前《うわまえ》を撥《は》ねていたんです。まだはっきりした数字は掴んでいませんが、この二年ほどの間に、二億から三億の金を掴んでいるようです。

「そんな大金を……」

直美は驚いた。

自分が殺した笠松が息を引き取る間際に、指示したのは警察の里村と口走った。いま、証拠はないと言いつつ、松浦も里村の名前を出した。

ヤクザの笠松と警察の松浦が同じことを言う。黒幕は里村だったのか——。

直美は話しながら納得していた。

——ただ、さっきも言ったように、まだ証拠を掴んだわけではありません。日高部長を

刺した相手を突き止めるまで、絶対に他言は無用です。奥さんがいま動けば、また大城や日高部長と同じように、狙われる可能性があります。

松浦が再度口止めした。

「はい……」

直美が厳しい表情をして頷いた。

――あとは私に任せてください。必ず真犯人を捕まえますから。そこから糸を手繰《たぐ》れば、大城の無実も証明されます。それまでの辛抱です。

松浦が強い口調で言った。

「わかりました……松浦部長さん、一つだけ教えてください。里村警部補と井原刑事は、いまどうしているのでしょうか」

直美が念のためと思いながら聞いた。

――そのことだが、二人とも無断で警察を休んでいる。家にも戻っていない。我々の動きを知って逃走を図ったのかも知れん。

「そんな……」

――奥さんの耳にもすでに入っているかも知れませんが、篠崎組の組長と、組員の新田、渡辺たちが殺された。まだ証拠があるわけではないが、おそらく里村と井原は、自分たちの身の危険を察知した。だから殺したのだと思う。

「そうですか……」

直美は話を聞きながら、井原のことばかりを考えていた。

振り込め詐欺をして得た金の上前を撥ねていたばかりか、大城を裏切り、次から次に人を殺している。そのことが直美にとっては、あまりにも衝撃的だった。

――奥さん、気をつけてくださいよ。刺された日高部長を親のように慕っていた奥さんも、狙われる可能性があります。

「はい……」

――奥さんさえよければですが、井原刑事のことを詳しく聞きたい。一度会ってくれませんか。これ以上殺しを続けさせたくないですからね。

「ええ……」

――それじゃ、日高部長のことも気になるでしょうから、病院で会いましょうか。一階の待合室で待っています。病院は他人の目もあるし、犯人が誰であれ手を出せないでしょうから。

「わかりました。では、いま大島にいますので、明日の朝、午前十時頃病院へ行きます。それでよろしいでしょうか」

直美はたとえ警察の松浦でも、自分の居場所を知られたくなかった。

いま警察の人間で信じられるのは日高部長だけ。信じていた井原までがやはり裏切っていた。だから直美は、事情を話してくれた松浦に対しても、警戒を解かなかったのだ。

――明日の午前十時ですね、待っています。そうだ、私の携帯電話の番号を言っておきますので、何かあったらすぐ連絡してください。

松浦が言って、直美に電話番号を教え、電話を切った。

2

まさか、あの子供好きで優しい井原さんが、事件に関わっていたとは……。

直美は、まだ信じられなかった。

主人とあれほど仲のよかった井原さんが、なぜ暴力団の者たちと組み、悪事を働くようになったのだろう。借金でも作っていたのだろうか。

私の家へ遊びに来ていたときは、まったくそんな素振りは見せなかった。とくに派手なところもなかった。

しかし、人はどんな裏の顔を持っているかわからない。誰でも表と裏の顔は持っているもの。私が知らなかっただけなのかも知れない。

井原と大城は男同士。だから井原さんが犯罪に手を染めていたことを、私には黙っていた。

大城は井原さんのことを考え、誰にも喋らずに本人を窘《たしな》めた。しかし井原さんは大城の忠告を聞かなかった。

事実を知られた井原さんは、大城が犯行に気付いていることを、里村警部補に話した。警部補の里村は、事件が表沙汰《おもてざた》になるのを恐れ、篠崎組の者たちに命じて大城を殺し、保険会社の浜田も殺した。そう考えれば一連の事件は説明できる。

日高のおじさんが襲われたあと、私が連絡を取ったとき、おじさんの携帯電話に日高さんが出た。

考えてみると、それもおかしい。捜査二課でお仕事をしている井原さんが、なぜ、すぐ病院へ駆けつけることができたのか。

所属も職場も違うのに、誰よりも早くおじさんが刺されたことを知って、病院に駆けつけたのか。それは、事前に刺されることを知っていたからではないだろうか――。

直美の頭は混乱していた。

考えれば考えるほど、井原への不信が募ってきた。信じたくはなかったが、やはり井原が裏切ったと考えるしかなかった。

そう言えば、あれから井原さんは私に電話をしてこない。なぜだろう。やはり、松浦部長の言うとおり、どこかに逃げたのだろうか――。

松浦部長の話が本当なら、井原は電話に出ないはずだと考えた直美は、折り返し井原の携帯に電話を掛けてみた。

ツルル、ツルル――。

無機質な呼び出し音が耳に入ってくる。

なぜ、なぜ出ないのよ。早く出て――。

直美は苛々《いらいら》した。

八回、九回、十回と呼び出し音は鳴るのだが、通じない。一度電話を切って再び掛け直したが、やはり井原は電話に出なかった。

直美は、もしかしたら日高の電話なら通じるのではないかと思いながら、再度、日高の携帯に電話を入れてみた。

だが、電源が切れていてまったく通じなかった。

電話が通じないということは、私の気付かないうちに、井原の身に大きな変化があったということ。それが松浦部長の言っていたことなのだろうか――。

直美は納得するしかなかった。

と同時に、井原に対する不信感が、さらに胸の中で増幅していた。

自分が直接手を出さなかったとしても、殺人罪の共謀共同正犯。結果として、井原が大城と子供を殺したことに変わりはない。

直美の中に、むらむらするほど激しい怒りが込み上げてきた。

人の信頼を裏切り、気持ちを踏みにじった者は、誰であろうと絶対に許さない。

井原と大城との繋《つな》がりが繋がりだっただけに、直美は抑えることのできない憤りを覚えていた。

しかし、警部補の里村と井原が逃げているとしても、どこをどう捜せばいいのか、直美は思案していた。

井原は家によく出入りしていた。が、誰とどのような付き合いをしているとか、どこでどんな遊び方をしていたとか、どんなところへ出入りしていたとかなど、聞いたことはなかった。

酒が好きで、ものすごく強くて、よく大城と一緒に飲んでいた。

また海が好きで、よく潜《もぐ》りに行ったり釣りに行って、釣った魚を持ってきてくれたりもしていた。

付き合っていた女性でもいれば、何か連絡を取る方法はある。が、彼の口からそんな話は一度も聞いたことがない。自分の知る限り、人一倍男気はあるがまったく女っ気はなかった。

いまになって考えてみると、井原の私生活はほとんど知らなかった。意外に知らないことが多かったのだ。

日高が傷ついたいま、もう安心して頼る者はいない。かといって自分独りで井原や里村警部補を捜すには、あまりにも情報がなさ過ぎる。

独りでは時間もかかるし、無理かも知れない。しかし、松浦部長の言葉からすると、いま、警察は里村と井原の行方を追っている。

だとしたら、松浦部長から少しでも情報を取り、所在が掴めれば警察が逮捕する前に殺すしかない。

直美は、危険だとはわかっていたが、松浦をはじめ警察の力と組織力を、この際利用するしかないと考えていた。

幸い、明日、病院で接触することを約束した。直美はもう一度、詳しい事情を聞きたかった。

それに、松浦部長が一緒であれば、直接日高に面会できるかも知れない。直美はどんな形でもいい、どうしても自分の目で、日高の容体を確認したかった。

まだ集中治療室へ入っているとしたら、容体はかなり深刻な状態にある。

日高は、自分のことを本当の娘のように可愛《かわい》がってくれていた。だからこんなときにこそ、二十四時間、ずっと傍《そば》に付き添って看病していたかった。

日高は、自分の気持ちを理解してくれている唯一の協力者。その日高が襲われた原因はすべて自分にある。

自分に協力したために襲われ、傷ついた。私が協力を求めなければ、こんな目に遭うことはなかった――。

直美は心が痛んだ。

が、自分の信念を、ここまできて中断するわけにはいかない。復讐《ふくしゅう》の手を緩めることはできなかった。

日高が刺されたということは、逆に、犯人側が追い詰められた結果、焦りはじめたことの証《あかし》――。

直美はあらためて、自らの気持ちを引き締めた。

ただ、信じたくはないが、本当に警部補の里村と井原が主犯だとすると、二人を殺すまでは、どんなことがあっても捕まるわけにはいかない。

直美は、そう思う一方で、まだ強い懐疑心を拭《ぬぐ》いきれなかった。

階級でいえば里村は警部補、会社でいうと係長クラス。井原は巡査で平社員といったところ。

そんな二人だけで、暴力団の篠崎組を牛耳《ぎゅうじ》り、ここまで組織的に犯行を実行できるだろうか。もっと上層部が一連の事件に絡んでいるのでは――。

里村警部補も井原も警察では下っ端。大城が自殺したと断定できる立場にはない。

事件の処理ができるのは、少なくとも警部以上。事件を送致するときは、当然、副署長、署長の決裁を受ける。

今度の事件に警察官が絡んでいるとしたら、やはり、幹部が指示を出していると考えるのが自然ではないだろうか。

直美は、警察内部に事件の広がりを見ていた。

激しい怒りからくる緊張感がそうさせるのか、背中に彫った般若と毒蛇が、また牙《きば》を剝《む》いて蠢《うごめ》きはじめた。直美はそんな錯覚を覚えていた。

3

明くる朝、直美は泊まっているホテルから、再び、井原と日高の携帯に電話を入れてみた。が、二台とも電源が切れていて、まったく通じなかった。

昨日、井原の携帯に電話を掛けたとき、たしかに呼び出し音が鳴っていた。だがいまは電源が切られている。

ということは、井原が携帯を持っていれば、私からの電話だということは、当然わかっているはず。

それでなおかつ電源を切ったということは、私と話したくないということになる。

つまり、井原が携帯電話を失《な》くしたとか、盗まれたのでない限り、故意に電話に出ないということ。

井原が親友である大城を裏切って、罪をなすりつけたのであれば、私が掛けた電話に出たくないのは当然――。

直美は、スカートと白いセーターに着替えた。そして早めにホテルをチェックアウトして、タクシーで日高の入院している病院へ向かった。

万が一のことを考えて、拳銃《けんじゅう》は般若心経《はんにゃしんぎょう》を彫り込んだ太股《ふともも》に巻き付けて、いつでも取り出せるようにしていた。

松浦との約束は午前十時。だが直美は、小一時間も前に病院の近くまで来ていた。

おかしい、また誰かに見られ、尾行されているような感じがする。この嫌な感じは何だろう。

直美は厳しい顔をして、周囲を窺《うかが》いながら考えていた。

もし、私が篠崎組の三人を殺したことに気付いているか、疑いを持っていれば、刑事たちが張り込んでいるはず。

直美は慎重に周囲の様子を窺っていた。が、それらしい男たちの姿はなかった。

外来の診察は午前十時から。人の出入りもかなり多くなってきた。直美はそんな外来患者を目で追いながら周囲を確認した。

あれは松浦部長……。

直美の目がはっきり携帯電話を耳に当てて、歩いてくる松浦の姿を捉《とら》えた。

玄関先で立ち止まり、電話で話を続けている松浦は、険しい顔をしていた。声は聞こえないが、キョロ、キョロッと周囲を見回しながら話を続けていた。

他に誰もついてきた様子はない。松浦部長は私との約束を守って、独りで来てくれたんだ——。

内心ホッとした直美は、周囲を窺いながら、電話が終わるのを待った。

誰と話しているのだろう——。

しばらく様子を窺っていた直美は、持っているバッグから携帯電話を取り出し、時間を確認した。

午前九時四十分。約束の時間までもう少し余裕があると思った直美は、そのあとしばらく周りの様子を注視した。

が、顔見知りの刑事や、刑事らしい男女、それに暴力団風の者は、どこにも見当たらなかった。

松浦部長は、私のことをどこまで知っているのだろうか。

日高部長が襲われたということは、私の動きも相手に気付かれている可能性がある。

相手は拳銃を持っている。油断はできない。でもそのときはそのとき。ここまで来て逃げるわけにはいかない——。

それにいまは松浦部長と会って、里村と井原の情報を聞かなければならない。何が起きても、私の乳房に彫ったシーサーがきっと守ってくれる。

そっと胸に手を当てた直美は、私にはシーサーと阿修羅《あしゅら》がついていると思いながら、一呼吸大きく息を吸い込み気持ちを落ち着け、腹を括った。

松浦が電話を終え、病院の中に入ったのを確認した直美は、少し時間をおいて本人から聞いていた携帯番号に電話を入れた。

――はい、松浦です。

「大城直美です。いま病院へ着きました」

――ご苦労さん、私もいま来たところです。一階の待合室で待っていますから。

「はい、すぐ伺います」

直美が電話を切った。

再度周囲を警戒しながら、足早に病院の中へ入った。

すぐ松浦の姿は目に止まった。が、先に直美の姿を確認した松浦が、手を挙げながら近づいてきて挨拶《あいさつ》した。

「奥さん久しぶりです。元気でしたか」

「はい、大城のことで、いろいろご迷惑をお掛けしました」

直美が頭を下げた。

「そんなことはありません。奥さんには何も関係のないことですから。ただ、日高部長が刺されたことが、残念でなりません。あ、立ち話も何ですから、とりあえずそこへ座って話しましょうか。どうぞ――」

松浦が悔しそうに唇を噛んで、着座を奨《すす》めた。

「そうですね。それで部長さん、おじさんを刺した犯人はわかったのでしょうか？」

直美が椅子《いす》に腰を下ろしながら聞いた。

「いや、いま鋭意捜査を続けているところだが、まだ、逃走後の手がかりは摑めていない」

松浦も直美の横に座って話した。

「そうですか……では、里村警部補と井原刑事の行方は……」

「実は、二人の所在もまだわかっていない。二人が億という金を持っていることを考えると、もしかして国外に逃亡するのではと思い、全国の空港は手配済みなんだが、いまだ国外に出た様子もないんです」

「まだ国内に潜伏しているということですか」

「そうとしか考えられません」

松浦が厳しい表情を見せて言った。

「部長さん、確認させていただきたいのですが、もし里村と井原が主犯だとしたら、大城は無罪ということになるのですね」

直美が二人を呼び捨てにして、真剣な眼差《まなざ》しを向けた。

「もちろんだ。ただ、今のところ被害届も出ていないし、不明になったとされている金も発見されていない。犯罪を裏付ける確たる物証がない。だから警察も検察も今の段階で、大城刑事が無実で、事件が冤罪だったという結論は出さないし、認めないでしょうね」

「そんな……」

「残念ですが、それが警察、検察という権力組織の体質というものです。が、少なくとも私は、大城刑事は無実だと考えています」

「ありがとうございます。部長さんがそうおっしゃってくださるだけでも、救われたような気がします。天国にいる大城はいまの言葉を聞いて、喜んでいると思います」

「正直に言って、すでに刑が確定した事件を覆すのは、口で言うほど簡単ではありません。無実だというたしかな証拠を捜し出し、証明しなければなりません。だからこそ、逃げている里村と井原を一刻も早く捜し出す必要があるんです」

「はい……」

直美は、自分が警察という組織の中にいたことがあっただけに、警察や検察の事件に対しての考え方は、理解できていた。

「奥さん、一つ確認したいのですが、井原は大城の親友だったし、奥さんとも繋がりがあったと思うんですが、最近連絡はありませんでしたか」

松浦があらためて聞いた。

「ありません。まさか井原が主人を裏切っているなど、思ってもいませんでしたので、以前、本人から聞いていた携帯に、何度か電話を入れてみました。でもまったく通じませんでした」

直美が井原のことを気にしながら、正直に話した。

「それはいつ頃の話なんですか?」

「昨日……それに今朝もです。部長さんから井原のことを聞いたあと、念のためと思い、掛けてみたんです」

「そうですか、連絡もないし、つきませんか――」

松浦が小さく頷《うなず》きながら、考え込んだ。

「たしかに私たちは、家族ぐるみで井原とは親しくしていました。でも、部長さんから二人のことを聞くまでは、誰も本当のことを教えてくれませんでした」

「日高部長も事件のことについては、何も言わなかったのですか?」

「はい、日高部長さんには、主人が亡くなったあと、精神的に助けていただきましたし、元気もつけていただきました。でも、事件のことは何も教えてくれませんでした……」

直美は、たとえ松浦でも、日高とのことは喋りたくなかった。

日高は瀕死《ひんし》の重傷を負って、目の前で生死の境を彷徨《さまよ》いながら、いま、独りで懸命に戦っている。

夫を殺した犯人が篠崎組の三人だということを、日高から聞いた。そのことを松浦に喋れば、自分が篠崎組の者たちを殺したと疑われる。

かりに感づかれなかったとしても、日高部長は現実に狙われた。

犯人は若い男だったという。

つまり、背後でその実行犯の若い男に、日高部長を殺すように指示した者がいる、ということになる。

ということは、日高部長から、夫の事件を調べられては困る者、都合の悪い者がいるということ。だから口を塞《ふさ》ごうとした。

それが里村と井原だとしたら、話の辻褄は合うし、説明もできる。

しかし、日高部長は里村警部補と井原のことは、まったく話していなかった。

たしかに松浦部長の言うとおり、里村も井原も犯罪組織の一員として、今度の事件に関わっていたかも知れない。

しかし直美は、何もかも二人が事件を仕組んだのか疑問だった。

二人以外に警察関係者、それも上層部の人間が絡んでいる可能性も、捨てきれなかった。

いま入院している日高部長には、警察官が二十四時間付きっきりで警戒に当たっている。

それに医師や看護師、患者の目があるから犯人は、迂闊《うかつ》に手を出せないだろう。

それに日高部長はまだ意識を完全に取り戻していない。ということは、調べた結果を誰にも喋ることはない。

まずこの病院に入院している限り、安全だとは思うが……。

直美はそんなことを考えながら、松浦の話に耳を傾けていた。

「しかし、あの真面目で口数の少ない日高部長が、なぜ襲われたのか。そこのところがどうしてもわからない。鑑識課というのは地味な仕事だし、直接犯人を逮捕するわけでもない。言ってみれば、警察にとっては縁の下の力持ち。特に犯人から恨まれるようなことはないと思うのだが。奥さん、井原のことで、日高部長が何か気付いていたとか、何かを疑っていたようなことに、気付かなかったですか」

松浦がさらに確認した。

「主人も、日高部長さんも私の前で、お仕事の話をすることはありませんでした。ですから、部長さんから、里村と井原が事件に関わっていたということを聞いて、まだ信じられないんです」

「そうですか、仕事のことは何も聞いていないですか。それじゃ、何か日高部長から預かっているようなものは、ありませんか」

「いいえ、何も……部長さん、何か気になることでもあるのですか？」

直美が逆に聞き返した。

「いやそういうわけではありません。ただ、さっきも言いましたが、日高部長が襲われたのには、必ず何か理由があるはずです。その理由がわかれば、部長を刺した若い者がどこの誰か、身元がわかるかも知れません。いまは一にも二にも、部長を刺した犯人の手がかりが欲しいんです」

松浦が険しい顔をして言う。

「何もご協力できることがなくて、申し訳ありません。それで部長さん、ひとつ聞いてもよろしいですか。テレビのニュースで見たのですが、篠崎組の組長が殺されたというのは本当でしょうか……」

直美が確認した。

「たしかに殺されました。まだ、犯人は割れていませんが、我々警察は里村と井原の犯行と見ている。事件現場に、井原と里村の指紋、それから毛髪が残されていた。そのＤＮＡが二人のものと一致した。それが二人の犯行と断定された理由です」

「そうですか……」

「奥さん、詳しい話はあとで聞かせてもらうとして、日高部長のことが心配でしょうから、先に面会しますか」

松浦が話を中断して、気を遣った。

「本当に会わせてもらえるのでしょうか」

「もちろんです。日高部長とは、身内同然じゃないですか。あまり長い時間でなければ大丈夫です。医師の承諾は得ていますから――」

「お願いします……」

直美は、日高部長と会話ができなくても、せめて手を握りしめ、一言だけでも声を掛けたかった。

意識はないというが、もしかしたら喋ることはできなくても、声は聞こえているかも知れない。

ほとんど可能性はなくても、自分が話しかけることで、万に一つでも気がついてくれるかも知れない。ほんのわずかだが、そんな期待もあった。

直美は、一目会って容体をみておきたかった。手を握り、体温を確認することで、日高が生きている証を、自分なりに感じたかったのだ。

「私服のままで集中治療室へは入れませんので、二階のナースセンターへ行って、看護師さんに言って着替えてきてください。話は通していますから」

と話していたとき、マナーモードにしていた松浦の携帯が、ジャケットの内ポケットの中で振動した。

「電話が掛かってきた。奥さん、ちょっと待ってください」

松浦が軽く頭を下げて席を外した。玄関先に出た。

誰からの電話だろう。何か急用でもあったのだろうか——。

直美はそう思いながら、玄関のほうへ注いでいた視線を戻した。瞬間、直美の顔がみるみる強張った。

4

あれは井原……しかし警察に追われている井原が、なぜここに……。

さっと血の気が引いた直美の目が、一点を見つめてぴたっと停《と》まった。

視線の先、廊下の奥の壁際から顔を見せた井原の姿を、はっきり捉えた。

井原は白衣を着て、まるで医師のような格好をしていた。が、直美にはそれが井原であることはすぐにわかった。

親友のような顔をして、夫を裏切り、殺人という罪をなすりつけたばかりか、子供まで殺したあげく証拠を隠すために遺体に火をつけて焼いた。よくも厚かましく、私の前に顔を出せたものだ——。

許せないという気持ちと、激しい怒りが直美の脳裏を掠《かす》めた。

思わず腰を上げた直美の背中が、また熱くなるのを覚えた。

毒蛇が蠢き般若が怒りに震えている。そんな感じがした直美は、すぐにでも駆け寄って、撃ち殺したい衝動に駆られていた。

「奥さん、どうかしたんですか？」

松浦の声に、直美はハッとした。

「い、いえ、日高部長さんの声が聞こえたような気がしたものですから。そんなはずはないですよね……」

直美は咄嗟《とっさ》にその場を繕《つくろ》った。井原のことはなぜか口を噤《つぐ》んで隠していた。

それとなく井原がいた場所に視線を向けた。が、もう姿はなかった。

「顔色が悪いようだが、大丈夫ですか？」

松浦が聞いた。

「ちょっと立ちくらみがしただけです。それより部長さん、何か急用ができたのではないですか？」

話を変えて聞いた直美の頭から、井原のことが離れなかった。

松浦部長と話していたときも、私は周囲には目を配っていた。が、そのとき井原の姿はどこにもなかった。

隠れて私の動きを見張るのであれば、すぐ気付かれるような方法で、姿を見せるはずはない。私には、故意に姿を見せたような気がしたが……。

井原自身、自分が警察に追われていることは、当然知っている。しかもいま、私が松浦部長と話していたことも、見ていたはずなのになぜだろう。

逮捕されるという危険を冒してまで、あえて姿を見せたということは、何か思惑があったとしか考えられない。

松浦部長が席を立ったのを見計らって、井原があえて姿を見せたとしたら――。

もしかすると、日高部長の命を狙っているのかも知れない。それとも、やはり私の命をつけ狙っているのだろうか――。

井原は、私たちや日高部長と最も近いところにいた。おそらく、大城から保険会社の不正についても話を聞いていたのかもしれない。

私が日高部長のことを心配して、必ずこの病院へ顔を出す。井原はそう考えて待ち伏せをしていた。そう考えれば、ここに顔を出したことも頷ける。

しかし、かりに私の命を狙っていたとしても、こんなに人の多いところで狙うだろうか――。

直美はあれこれ考え、頭を混乱させながら松浦の話を聞いた。

「奥さん、実は、たったいま横浜の埠頭《ふとう》で、波に漂っていた里村警部補の遺体が引き揚げられたようです」

松浦が厳しい顔をして言う。

「えっ？　里村警部補の遺体が？　本当ですか、部長さん」

直美はまさかと思い、松浦を見返した。

「まだ断定できないが、井原と一緒に逃げていたことを考えると、おそらく、犯人は井原だと思われます」

「井原が里村を殺したと……」

直美が唇を噛《か》んだ。

井原を見たことは一切言わなかった。警察に捕まれば殺す機会が失われる。知らない振りをしていれば、井原は必ず私の前に現れる。あの男だけは、どうしても自分の手で殺さなければ――。

直美は激しい憤りを感じていた。

「ええ、しかし、いまのあなたには関係のないことでした。それより、私はちょっと捜査一課と連絡を取らなければなりませんので。奥さんは日高部長と会ってください。十分ほどしたらここに戻りますので――」

松浦が安心させるように言った。

「わかりました。こんなときに申し訳ありません……」

直美が頷いて松浦の傍を離れた。

直美はその足でナースセンターへ行き、看護師に言って白衣に着替えさせてもらった。

集中治療室は二階にあった。直美は看護師に連れられて部屋の前まで行った。部屋の前には、制服の警察官が二人、警戒に当たっていた。

「ご苦労さまです……」

直美が制服の警察官に頭を下げた。

「松浦部長から聞いています。さ、どうぞ」

制服の警察官が敬礼して、これが大城刑事の奥さんかという風な顔をして見つめた。

「大城さん、主治医から面会は五分までと、きつく言われていますので、それだけは守ってくださいね」

看護師が念を押した。

「はい、本当にありがとうございます」

直美が頭を下げた。

「それじゃ入りましょう。日高さんはまだ話せないと思いますが、声くらいは掛けてもよろしいですよ」

付き添った看護師が促す。

「わかりました」

直美は頷いて、看護師の後に続き集中治療室へ入った。

ベッドの上で、仰向《あおむ》けに寝かされている日高は、じっと目を瞑《つむ》って動かなかった。昏々《こんこん》と眠っている。そんな感じだった。

鼻孔と口には、すっぽりと酸素マスクが被《かぶ》せられている。左手には点滴の太い針が射し込まれ、一滴ずつ落ちる液が、管を伝って体内に流し込まれていた。

「おじさん、おじさん、直美です。わかりますか？」

直美がベッドの横に回り、枕《まくら》元から顔を覗《のぞ》き込むようにして、声を掛けた。

「…………」

「おじさん、ごめんなさい。すぐ見舞いに来られなくて……」

直美は謝りながら、点滴の針が刺さっていない右手を握りしめた。

暖かい。たしかに日高の体温が直美の手に伝わってきた。直美は、はっきり自分の手で、生き続けている日高の命を、肌で感じ取っていた。

誰がこんなことを――と思いながら、直美は手を握りしめたまま耳元で話しかけた。

「おじさん直美です、わかりますか、直美です」

「…………」

日高は反応を示さなかった。

「直美です。聞こえますか。おじさん、直美です……」

直美が重ねて声を掛けながら、心の中で、絶対に死なないで、と祈っていた。

「…………」

「おじさん、私を独りにしないでください。独りにしないで……」

直美の胸を内側から寂しさが突き上げた。声は涙声になっていた。

「…………」

「おじさんのおかげで、やっとここまでこれたというのに、おじさんがこんなことになったら、私は、私はどうすればいいの……」

直美が涙声で話しながら、日高の手を強く握りしめた。

「…………」

「おじさんをこんな目に遭わせたのは誰なんですか。教えてください」

直美が揺れる感情を抑えて聞いた。

許さない。おじさんまでこんな目に遭わせた相手を、私は絶対に許さない。

直美は言葉にこそ出さなかったが、内心腸《はらわた》が煮えくりかえるほどの怒りと、激しい憤りを覚えていた。

と、わずかだが、ぴくっと日高の目尻《めじり》が動いた。

あっ——直美は思わず声を出しそうになった。がその声を喉《のど》の奥に押し込んだ。

「…………」

日高が黙ったまま直美の手を握り返した。そして手を放し、あらためて直美の掌に、何か文字を書いた。

直美はハッとした。

日高は目を瞑り声は出さなかった。が、必死で何かを訴えかけているように感じた。

何か私に話したいんだ。何を言いたいのだろう——直美は緊張した。

傍には看護師が立ち会っている。直美は日高の手を両手で包み込むようにして、看護師の目を遮った。

直美は、掌をなぞり続ける日高の指先に神経を集中させた。

『副署長と警部、共犯者は他にもいる。油断するな……』

直美は、ひらがなで訴えかけた日高の言葉を、はっきり受け止めた。

まさか……直美は信じられなかった。間垣は副署長。それに北本は警部で大城の直属の上司。その二人が裏で部下や篠崎組を操り、犯行を重ねていた。

警察の上層部と部下が一緒になって悪事をはたらいていれば、証拠を握り潰《つぶ》したり、新たな証拠を捏造《ねつぞう》するくらいのことは、簡単にできる。

だから大城を自殺として処理したんだ。

警察が組織ぐるみで犯罪に関わっていれば、篠崎組は手も足も出ない。言うなりになるしかない。

強請られていた浜田から相談を受けた大城は、警察内部の犯行だと知って、放ってはおけなかった。

裏付けを取るために独りで捜査をはじめた。そして、捜査を進めてゆくうちに、警察内部の人間、それも自分の上司が事件に絡んでいることを確信した。

副署長の間垣や警部の北本は、大城から事実を暴露されることを恐れた。つまり彼らにとって夫は邪魔な存在だった。

だから証拠を捏造して、すべての罪をなすりつけるために、自殺に見せかけて殺した。そうに違いない。

大城は事が事だけに、親友の井原に相談した。

井原は、浜田の事件を調べていたと言っていたが、実はそうではなかった。大城が調べていた内容を聞き出そうとしていた。そう考えれば話の辻褄が合う。

直美はやっと納得ができた。

『私は大丈夫。早くここを出ろ。周りに気をつけろ――』

日高がさらに指先を動かした。そして、うっすらと薄目を開けた。

日高は気がついている。気がついていながら、気がついていない振りをしているだけなんだ――。

直美は小さく頷いた日高に気付き、自分も頷き返した。

その様子が確認できたのか、日高が再び目を瞑った。

「大城さん、そろそろよろしいですか?」

看護師が声を掛けた。

「はい……」

直美が素直に返事をした。

おじさんありがとう。命に代えても、必ず間垣たちの命は取ります――直美が強く日高の手を握り返した。

とまた、背中に彫った毒蛇が動き出し、般若の刺青がずきずき痛み始めた。

体の内側から込み上げてくる怒りと、緊張がそうさせるのか、血が逆流するような感覚に見舞われていた。

5

集中治療室を出た直美は、松浦の姿が見えないことに気付いた。

里村が殺された事件のことで、まだ電話をしているのだろうか――。

直美はそう思いながら周囲を見回した。だが、どこにも姿は見えなかった。

仕方なく私服に着替えた直美は、看護師に待合室にいるからと伝え、再度周りを見回しながら、下りのエスカレーターへ向かった。

エスカレーターには、やはり診察を受けに来ているのだろう、年寄りの手を引いている女性や、杖《つえ》をついている老人が、数人乗っていた。

直美が下りのエスカレーターに乗ろうとしたときだった。

ん？　あれは北本警部、それに横にいるのは狭間刑事。今ごろなぜここに……。

私服の二人が、一階のエスカレーターの前に立っているのが見えた。

二人は偶然ここへきたのか。それとも私がここにいることを聞きつけて、来たのだろうか——。

でも、私がここに来ていることを知っている警察関係者は、松浦部長しかいない。もしかすると部長が連絡をしたのでは——。

直美の脳裏に、ふと、松浦を疑う気持ちがよぎった。

でも、松浦部長は、私を集中治療室へ入れてくれて、日高のおじさんに面会させてくれた。

それに、私を捕まえようとはしなかった。ということは、病院側か、病室の警戒に当たっていた警察官が、連絡したのかも知れない。

直美は一瞬様々なことを考えた。

と、目つきが鋭く、いかにも頑強そうな男たち二人がそばに近付いてきて、声を掛けた。

「大城直美さんですね」

「………」

直美が身構え警戒した。

突然のこと。なぜ自分がここにいるのを、この男たちが知っているのかと思ったが、直美は黙って返事もせずに、男たちに厳しい視線を突きつけた。

「大城直美さんですね」

男の一人が再度確認した。

「あなた方は誰ですか。人の名を確認する前に、自分の名を名乗ったらどうなの」

直美がきつい表情を見せた。

「本部捜査四課の者です。篠崎組の件で話を聞きたい。ご同行願います」

「捜査四課？　私がなぜ、そんな組のことを聞かれなければならないのですか」

「篠崎組の組長以下、四人が殺害された。その事件のことで聞きたいことがある」

男が語気を荒立てた。

「私は警察官の妻ですよ。その私が暴力団篠崎組の事件を、なぜ警察から聞かれなければならないのですか」

直美が強気に出た。

「公衆の面前で、あなたとやりとりする気はないし、言い訳を聞くつもりもない。言いたいことがあるのなら、本部でじっくり聞かせてもらいます」

「まるで強制的に、身柄を拘束するような言い方をしていますが、これは任意なんでしょう？　だったらその言い方はおかしいと思いませんか」

直美はあくまでも冷静に振る舞った。

「元同僚の奥さんだから、強制はしたくないと思って頼んでいるんです」

「あなたたちは本当に警察官ですか？　警察官なら、まず身分証明書を見せる。それが筋でしょうが」

篠崎組の組員は自分が殺《や》ったこと。だから、警察の手が回ったとしてもおかしくはない。それに暴力団を担当している捜査四課の者であれば、篠崎組の話を持ち出してもおかしくはない。

直美は一瞬そう考えた。

「ここであんたとやり合う暇はない。一緒に来るんだ」

別の男が警察の身分証明書も示さず、高圧的に言う。と同時に、男たちが直美の両脇《わき》をがっちり固めた。

「やめなさいよ。大声を出すわよ！」

直美が強く逆らった。

警察の身分証明書も示せない相手に、なぜついていかなければならないの。冗談じゃないわよと思っていた。

「いいから来るんだ。これ以上喋るな。声を立てたら殺す」

男の一人が周囲に視線を配りながら、直美の脇腹にナイフを突きつけた。

「うっ……」

直美が思わず視線を下げた。男の手元にはっきりとナイフが見えた。

この男たちも、副署長間垣の指示で動いているのか。

この男たちの真の狙いは何だ。私を殺すことが目的なら、何も言わずいきなり殺すことはできた。

しかし、殺すと脅しながらどこかに連れて行こうとしている。なぜ——。

考えられるのは、私が間垣たちの情報をどれだけ知っているか、日高部長のような、私に協力してくれている者が他にいるかどうか、そこを知りたいのかも知れない。

直美は恐怖を覚えながらも、いま自分の置かれている場の状況を考えていた。

「来るんだ」

ナイフを突きつけている男が、周囲に鋭い目を配りながら急《せ》かせた。

「わかったわよ。逃げやしないから私から離れてよ」

男に体を押され、エスカレーターの前を離れ、一歩、二歩と足を進めた直美は隙《すき》を窺っていた。

この男たちに従えば、どこへ連れて行かれるかわからない。いまのうちに何とかしなければ。阿修羅、私を守ってください——。

と、右腕に激しい痛みを感じた。感情が高ぶっていたからか、怒りの阿修羅を彫っている腕が小さく震えた。

直美は気持ちを抑え、冷静に状況を見ていた。

男たちは直美の体を、左右からがっちりガードして、有無をいわせず人の大勢出入りする玄関を避け、人の少ない裏の出入り口に向かった。

何とかしなければ――。

直美は焦った。

拳銃は持っている。だが、日高の病室へ入る前、着替える際に左脚の太股に縛ったまま。すぐには取り出せなかった。

もちろん、形振《なりふ》り構わず人目もはばからないでスカートの裾《すそ》をめくり、太股に縛り付けた拳銃を、抜こうと思えば抜くことはできる。

が、ここは病院。かりに拳銃を取り出すことができたとしても、万々が一、来院している外来患者を傷つけるようなことがあってはならない。

直美自身、いまの状況を切り抜けるためとはいえ、関係のない善良な市民を巻き込むことはできなかった。

この男たちはただ指示されて動いているだけ。本命ではない。

背後でこの男たちを操っているのは、副署長の間垣と警部の北本。それは日高のおじさんが命をかけて調べてくれたこと。

二人の命を取るまで、警察に捕まるわけにはいかない。何としてもここは切り抜けなければ——。

激しく憤る気持ちを無理やり抑えつけた直美は、心の中で阿修羅に祈りながら、黙って男たちの指示に従った。

非常口の閉まったドアの前まで進み、三人は歩を停めた。

男の一人がドアを開けた。先に外へ出て周囲を窺い、中の男に頷きかけた。

「出ろ！　出るんだ」

男が後ろから突きつけているナイフの切っ先で、軽く直美の脇腹を突いた。

「………………」

直美は黙って従う振りをした。

ナイフを持った男より、私は先にドアの外へ出る。そのときがチャンス——。

チラッと男の顔を見て、外へ片足を踏み出した。

瞬間、直美の体が敏捷《びんしょう》に動いた。先に出た男の股間《こかん》を力一杯蹴《け》り上げた。

「うっ……」

ドアの前に立っていた男が腰を屈《かが》め、顔をしかめた。

「野郎！」

ナイフを持った男がかかってきた。

「あっ！」

切っ先をかわした直美が脚を縺《もつ》れさせ、その場に倒れ込んだ。

「ふざけやがって！」

男が再びナイフを振りかざした。

「やめろ！」

瞬間、後ろから大声がした。

「うわー！」

腕を取られた男の体が、反り返った。

ゴキッ。鈍い音がした。男の腕が折れて逆を向いた。手に持っていたナイフが音を立てて転がった。

腕がぶらんと垂れ下がる。思い切り脚を払われた男は、バランスを崩してコンクリートの路面にどさっと倒れ込んだ。

顔をしかめた男は、直美の前でのたうち回った。

井原さん……。

直美は、なぜ井原が飛び出してきたか、事情が読めなかった。が、深く考える余裕はなかった。敏捷に跳ね起きた。

「奥さん、逃げろ。早く！」

井原が床に転がっているナイフを拾って、叫んだ。

その井原の耳に、ばたばたと人が走ってくる足音が聞こえた。

咄嗟に振り向いた井原の目に、狭間と北本の姿が飛び込んできた。

「井原！　おまえは里村警部補を殺したばかりか、犯罪者の大城直美まで逃がすというのか。警察官としての職責が何か、考えてみろ！」

北本ががなり立てた。

「自分らの罪をなすりつけやがって。どこまで汚ねえんだ！」

井原がさらに鋭い眼差しを突きつけた。その目は血走っていた。

血の気を失い、真っ青になっている井原が、二人の前に立ちはだかった。

「邪魔だ、どけ！」

北本が、怒鳴った。

「許さん、警察の幹部でありながら、おのれの欲のために、大城や子供を殺して、今度は彼女まで殺すのか！」

声を振り絞った井原が、いきなりぶつかるようにして北本に体を預けた。

「うう、てめえは……」

顔をしかめた北本の動きが停まった。

井原の手に持っていたナイフが、北本の腹部に深く刺し込まれていた。

「井原やめろ！」

狭間が叫んだ。

直美を後ろからがっしりと羽交い締めにして、ナイフの刃を喉元に突きつけた。

「てめえ！　奥さんを放せ、放すんだ！」

井原が、北本に突き立てたナイフを抜き、仁王立ちになった。

と同時に、苦悶《くもん》に顔を歪《ゆが》めた北本の体が床に崩れ落ちた。

「うう……」

直美が体を斜めに倒し、苦悶するように表情を歪めた。

「井原、ナイフを捨てろ！　少しでも動いたらこの女を殺すぞ！」

狭間が威嚇した。

「卑怯《ひきょう》なことを。もし奥さんに怪我《けが》をさせたら、てめえをぶっ殺す！」

目を据えた井原が激しくこめかみを動かした。

悔しいがすぐには動けなかった。直美が人質に取られていては、さすがに手も足も出せなかった。

どんなことがあっても、直美に怪我はさせられない。そう思い気が焦っていた。

「………」

直美は、ナイフの刃を突きつけられながらも、慌てなかった。

狭間はたしかに自分を人質に取っている。が、自分のことより、目の前にいる井原に気を取られている。今しかない――。

直美はわざと後ろに倒れるようにして、背中を狭間の体にもたせかけた。

奥さん、何をするつもりだ――。

ジリ、ジリッと詰め寄っていた井原は、直美の動きに気付いた。気になったが、いまは詮索《せんさく》する余裕はなかった。

再び、のたうち回っている北本の首筋にナイフを向けた井原は、本能的に直美から狭間の注意を逸《そ》らせなければと思い、大声を出した。

「狭間、目を覚ませ。おまえらいつまでこんなことを続けるつもりだ！」

「井原、ナイフを捨てろと言っているんだ！」

「馬鹿なことはやめろ！　狭間、てめえ誰のためにやっているんだ！　てめえは北本や間垣に、いいように使われていただけじゃねえか！」

「何だと――」

狭間が睨《にら》み返した。

「てめえは現職の刑事、うっ……」

井原が言いかけて言葉を切った。

いきなり井原の後ろから近付いてきた松浦が、井原の側頭部に銃口を突きつけた。

そして羽交い締めにされている直美に、チラッと冷たい視線を向けて言う。

「井原、止《や》めるんだ！」

松浦が言うなり、拳銃の銃把で思い切り井原の後頭部を殴打した。

「うぐ……」

井原が顔をしかめ、ガクッと膝をついた。

「おまえたちはここで死んでもらう。殺人の容疑者を逮捕しようとした警察官に、凶器を持って抵抗した。だから殺した。これで辻褄が合う」

「死人に口なしということか……」

井原が頭を抱え苦しそうに言う。

「そうだ、おまえたちは我々のことを知りすぎた」

松浦が引き金に指をかけた。瞬間、銃声が続けて響いた。

「うっ」

低い呻《うめ》き声を漏らした狭間の頭が大きく弾かれた。

パッと鮮血が飛散する。狭間の体がどさっと前に倒れた。そして、最初に襲った男の体が倒れ込んだ。

直美と狭間の真後ろに、集中治療室にいるはずの日高が、警戒に当たっていた警察官から奪った銃を右手に握りしめ、左手で腹部を押さえて立っていた。

間髪を入れず、床を転げるようにして回転した直美が、素早く太股《ふともも》に隠していた拳銃を抜き取った。同時に、松浦に向けた銃口が火を噴いた。

「ぐうー！」

松浦の頭が弾かれた。小柄な体が後ろ向きに倒れ込んだ。

血だらけになってぶっ倒れた松浦の頭を、銃弾は確実に撃ちぬいていた。

「奥さん、大丈夫ですか……」

井原が頭を抱えながら起き上がって、気遣った。

「私は大丈夫、それよりおじさんが！」

直美が叫んだ。

井原と直美が倒れている日高の傍に駆け寄った。返り血を浴びていた日高を抱え起こした直美が、声を掛けた。

「おじさん、しっかりして！」

「私のことはいい。さあ、おまえたちは早く。ここは私が処理をする。早く行け！」

日高が荒い息遣いをして、懸命に言う。

「でも……」

直美は躊躇《ためら》った。

傷ついている日高を、このままにしてはおけないと思った。

「大丈夫だ、人に見られないうちにはやく行くんだ！　傷が落ち着いたら私から連絡をする……」

「わかりました。奥さん、裏に俺の車が置いてある。逃げるんだ、まだ副署長の間垣が残っている！」

井原が言って、躊躇っている直美を促した。そして強引に腕を摑み、日高の体から引き離した。

「おじさん……」

直美は、後ろ髪を引かれる思いに駆られながら、夢中で走った。

「大丈夫、私は大丈夫……」

日高は、気が遠くなるのを覚えながら、二人の後ろ姿を見送っていた。

6

車に乗せられた直美は黙り込んでいた。

さらに出血が激しくなり、命に触るようなことがなければいいが——。

直美はハンドルを捌《さば》いている井原のことを気にしながら、一方で、病院に残してきた、日高のことが心配でならなかった。

私が見舞ったときからすでに、おじさんは危険を感じ取っていた。

だから、あれだけの傷を負っていながら、集中治療室を飛び出し、私を助けに来てくれたんだ。

気が気ではなかったが、別れ際、必ず電話をするから心配するなと言った、日高の言葉をいまは信じるしかなかった。

と同時に、まだ頭を混乱させていた。整理ができないでいた。

いまがいままで、この井原は裏切り者だとばかり思っていた。許せないと思い殺したいほど憎んでいた。

その井原が、相手を殺してまで自分の味方をしてくれた。そこがどうしても理解できなかった。

このまま私をどこかに連れて行き、殺そうとしているのでは――。

そんな気持ちがどうしても抜けきれず、直美は話しながらも、警戒を解くことができなかった。

「どこへ行くんですか。あなたには山ほど聞きたいことがある」

直美が厳しい言い方をした。

「少しでもこの場から離れなければ――」

車内にすえつけているラジオのスイッチを入れた井原は、直美の言葉を無視して走り続けた。

「井原さん、はっきり事情を聞かせてもらえますか」

直美がきつい口調で言う。井原の言葉を信用できず、厳しく詰問した。

「奥さん、大城ははめられたんです」

「はめられた？　誰に！」

「俺は、日高部長から、大城は犯人ではないと聞かされた。だから俺たちは、真犯人を突き止めようとしていたんだ」

井原が硬い表情をして言う。

「井原さん、いい加減なことを言わないで！　私たち家族を裏切り、三億円ものお金を奪った挙げ句、里村警部補まで殺しておいて、よくもそんなことが言えるわね」

直美が食ってかかるように言う。

「奥さん、松浦部長の言葉を聞かなかったですか。すべて奴が仕組んだことなんです。もし俺が大城を裏切っているると思っているなら、今すぐ殺せばいい」

「………」

「いいですか、松浦がすぐ奥さんや日高部長を殺さなかったのは、自分たちがやっていた不正行為を、どこまで知っているか。それを確認するためだったんです」

「不正行為？」

「信じられないでしょうが、一連の事件の主犯は、奥さんが殺した松浦部長。副署長の間垣でも警部の北本でもないんです」

井原が、まさかというような話を持ち出した。

「何ですって？」

直美はすぐには信じられなかった。

感情の高ぶりがそうさせるのか、背中に彫った毒蛇のハブと般若の面、右腕に彫った怒りの阿修羅が怒りに震えるのを感じた。

「主犯は松浦部長だったんです」

「松浦部長が？　待ってよ。階級が下の松浦が、直属の上司でもあり、二階級、三階級上の北本や間垣を裏で使っていた。立場がまったく逆じゃないの」

直美は納得できなかった。

警察は縦社会。階級が上の者には絶対に逆らえない。自分が白と思っていても、上司が黒と言えば黒なのである。

初級幹部で巡査部長の松浦が、自分より上の階級にある二人に、裏から指示、命令を出していたということが、直美は信じられなかったのだ。

「これは親父さんが調べたことだが、副署長は株で失敗し、警部は自らが覚醒剤《かくせいざい》を使用していた。しかも女を囲っていた事実も発覚している。松浦はその弱点を利用したんです。

いや、むしろ松浦がそう仕向けたと言ったほうがいいでしょう」

「そんな……」

「警察の中で階級が低い松浦は、上司から顎《あご》で使われることに対して、常に不満を持っていた。そこで自分の力を誇示できるのは金しかないと考え、金に執着するようになった。そこで篠崎組の組長を使い、振り込め詐欺をやらせて金を稼いだんです」

「振り込め詐欺を？」

直美は唖然《あぜん》とするしかなかった。

「そもそも今度の事件の発端、犯行の動機は振り込め詐欺にあったんです。松浦は何がなんでも金が欲しかった」

「ええ」

「二人の弱点を握った松浦は、金と女と覚醒剤を使って抜き差しならないところまで追い込み、自分に従わせた。この手法を用いて他の警察官も抱き込み、警察内部に犯罪組織を作った」

井原が詳しい事情を話した。

「犯罪を取り締まる側の者が犯罪組織を作る。取り締まる者がいなければ、こんな安全なことはない。そういうことなのね」

直美は言葉を失った。

真剣に話を聞いているうちに、直美の気持ちから井原に対する疑い、憎しみ、激しい怒りはいつの間にか消えていた。

事実の発覚を恐れた松浦が、間垣と北本に指示した。そして篠崎組の組長が組の若い者を使って、大城に罪を着せるために殺し、自殺に見せかけた。そう考えれば話の辻褄は合う。

直美はそう考えながら話に耳を傾けていた。

「俺と親父さんは、振り込め詐欺や恐喝の証拠を掴むために、ずっと調べを続けていたんです」

井原が話しながら、悔しそうに震えている唇を嚙んだ。そして、さらに話を続けた。

「ところが浜田が突然姿を消した。俺と親父さんは浜田の行方を捜した。ところが、その矢先に、大城の事件に関わっていた篠崎組の渡辺、新田、笠松の三人が立て続けに殺された。そして今度は組長の篠崎が殺された。つまり、一連の事件は松浦がやったとみていいでしょう」

井原は、すべての事件は松浦の仕業だとにおわせた。

「井原さん、あなたと一緒に逃げていたと言われていた里村警部補は、なぜ殺されたんですか」

直美が気にかかっていたことを聞いた。

「日高の親父さんから聞いたのですが、里村警部補は、自分の関わった事件の深刻さに気付いて、事実を公表するかどうか迷っていたようです。おそらくそれで口を塞がれたんだと思います」

「それからもう一つ聞きたいのですが、一体、どれくらいの人が事件に関わっていたんですか」

「正直わかりません、全員ではありませんが、交通課、地域課、捜査一課、捜査四課、生活安全課など、すべての課に事件関係者がいると俺は見ています」

「そんなに……それで、日高のおじさんを刺した男の目星はついているのですか?」

直美が気になっていたことを聞いた。

「篠崎組の若い奴だと見ています。大体の見当はついています。はっきりするのは時間の問題です」

井原が厳しい顔を見せた。目には絶対に逃がさないという気持ちが、ありありと現れていた。

「そう、それで井原さん、これからどうするつもりですか?」

直美は、そこまで警察内部は腐り切っているのかと思い、愕然としながらあらためて行動を確認した。

「副署長の間垣を押さえに行きます。間垣に聞けば、誰が犯罪に関わっているか、すべてがわかるはずです。いや、すべてを自供させなければ、俺の気が治まりません」

井原がハンドルを捌きながら話した。

「待って、この事件はもとはといえば、大城が関わった事件です。私にやらせてください」

右腕に彫った阿修羅の像に手を当てた直美が眉根を寄せ、唇を嚙みしめた。その薄い唇は小さく震えていた。

「しかしそれは……」

井原が戸惑った。

「井原さん、私が自殺を思い止まったのは、このときのためです。大城を殺した相手、警察で副署長までしている間垣に大切な家族を殺された。この手で始末をつけなければ、私自身何のために生きているのか、生きてきた意味がありません」

直美がキッと顔を上げ、強い口調で言った。

「気持ちはわかりますが危険すぎます。まだ警察署内に、何人仲間の連中がいるのか、摑めていないんです」

「仲間が何人いようが構いません。私は警察署に乗り込むわけではない。松浦や狭間、そして四課の連中が病院で殺されたことは、すでに間垣の耳に入っているはずです。だとすれば、必ず動きを見せる。そこを狙うのよ」

直美がはっきり言う。

「俺が決着をつけます。女の奥さんには荷が重すぎます」

井原が険しい顔を見せた。

直美が眉をひそめ、口を噤んでじっと考え込んだ。そして、顔を上げはっきりした口調で言う。

自分の気持ち、覚悟をわかってもらうためには、いくら口で説明をしてもわからない。であれば、説得するには、彫り物を見せた方が手っ取り早いと考えた直美は、

「井原さん、これを見てください」

と言って、穿《は》いていたスカートを少しずつ引き揚げ、太股を露《あら》わにした。

「奥さんそれは……」

井原はドキッとした。

横でいきなり大きく太股を晒《さら》した直美を見て、何をするのかと思い戸惑った。

「経文の般若心経です。大城と子供のために彫りました。それからこちらも見てくれますか」

直美はもう躊躇わなかった。

セーターを脱ぎ、上半身ブラジャーだけの露わな姿を見せた。

「それは……」

井原が思わず息を飲んだ。

腕に彫られた阿修羅の像と、乳房に彫ったシーサー。そして斜め横から蛇が巻きついた般若の彫り物を見て、言葉を失った。

「井原さん、目を背《そむ》けないで」

直美が井原に背を向けながら、厳しい口調で言う。

「なぜ、そんなものを……」

井原はついハンドルを取られそうになった。

おとなしい直美をよく知っていただけに、彫り物を目の当たりにしても、まだ信じられなかった。

「私は大城と子供に誓ったんです。無実の二人を殺した相手は、必ず私の手で殺すと……」

直美の目は真剣だった。井原が入り込む余地がないほど鋭かった。

「そこまで覚悟して――」

井原はもう何も言えなかった。

刺青を入れてまで、覚悟を決めているいまの彼女は、俺が何を言っても耳を貸さないだろう。

俺も彼女もすでに手を汚した。だとしたら、日高の親父さんが倒れたいま、あとは俺が彼女を護《まも》り通すしかない。目的を果たさせる以外にない。

と、思って腹を括ったとき、ラジオからニュースが流れてきた。

『新宿警察署の副署長が、拳銃で頭を打ち、自殺しました……』

「えっ？」

井原が思わずブレーキを踏んだ。車を道路の左端に寄せて停《と》めた。

「まさか……」

直美も空耳ではないかと思った。

井原と直美が顔を見合わせ、再びニュースに聞き入った。

『今日午前十一時四十分頃、新宿警察署の副署長、間垣崇晴警視が警察署の屋上に倒れているのを、署員が発見し……』

「井原さん……」

直美も言葉が出せなかった。

ただ、耳の奥に間垣の死というアナウンサーの声だけが、濃く、深く残っていた。

エピローグ

よかった、元気になって……。

直美と退院した日高、そして井原の三人は、都会の喧騒《けんそう》を避けて大城が着任するはずだった大島に来ていた。

美しい海岸の岩場に立ち、波穏やかな沖合を見つめながら話し込んでいた。

直美はホッとしていた。

いまこうして三人が無事に顔を合わせている。が、入院している日高のところに見舞いにも行けなかった。

日高から、連絡するまで待てと言われていただけに、自分から連絡を取るわけにもいかなかった。

直美は心配だった。毎日テレビや新聞のニュースに目を凝らし、ジリジリしながらひたすら連絡を待ち続けていたのだ。

そんな直美のところに、日高から電話が入ったのは、事件後三週間ほど経《た》ったときだった。

電話口で日高の声を聞いたときは嬉《うれ》しかった。張り詰めていた気持ちが解《ほぐ》れたからか、止めどもなく涙が溢《あふ》れてきて、仕方がなかった。

「しかし親父さんも強運というか、悪運が強いですね」

井原がやっと冗談らしい言葉を吐いた。

「二人には心配を掛けたな。しかしこれで警察内部の膿《うみ》を出すことができた」

日高が話しながら、ゆっくりと岩に腰を下ろした。

「そうですね……ところでおじさん、結局事件の顚末《てんまつ》はどうなったのですか？」

直美が日高の体を気遣いながら聞いた。

「保険会社が、やっと被害届を出したようだ。つまり、三億の金を強請《ゆす》られていたが、その金は松浦のところへ流れていた。松浦が組織の裏資金にしていたことが判明した」

「やはり……」

「それから大城の無実がはっきりした。つまり、あとは裁判の手続きを経て、無罪の判決をもらえば、それですべての決着がつく。これで亡くなった大城も子供さんも安心して眠ってくれるだろう」

「はい……それでおじさん、松浦は、なぜ私を殺さなかったのかしら。殺すチャンスはいくらでもあったのに……」

いったん寂しそうに目を伏せた直美が、その視線を上げて聞いた。

「松浦が、奥さんを殺さず拉致《らち》しようとしたのは、奥さんが、どの程度事実を知っているか、そこを確認したかったからです」

井原が日高に代わって説明した。

「そうだったの……」

そう言えば、会う場所を病院に指定したのは松浦部長。その病院で、あの男たちに身柄を拘束されそうになった。

ということは、私を信用させるために、そのとき松浦は姿を見せなかった。そして、仲間内の者に指示して私を拉致しようとした。そう考えれば松浦が姿を消したことも頷《うなず》ける。

直美は、井原の話を自分なりに整理していた。

「奥さんが、もし大城から自分たちのことを聞いて事実を知っていれば、口を塞《ふさ》ごうと考えていた。そうしなければ、自分たちが失脚するのは目に見えていますからね」

「ありがとう井原さん。あなたのことを疑ってごめんなさい……」

親友のため、命をかけて真実を暴いてくれた。そのことに感謝しなければならないのに、犯人だと疑った。

直美はそのことに対して、一言謝りたかった。そうしなければ、どうしても自分の気持ちが治まらなかった。

「気にしないでください、日高の親父さんと相談してやったことですから——」

「ありがとう、大城もきっと喜んでいます……」

俯《うつむ》いた直美の目から、ポロポロッと涙がこぼれた。

あなた、これでやっと、あなたの無実を晴らすことができました。雅直の敵《かたき》も討《う》つことができました。

私もこれで、あなたと雅直の元へ行けます。今度こそ天国で家族三人愉《たの》しく暮らしましょうね。

心の中で、大城と最愛の息子、雅直に語りかけていた直美の脳裏に、優しく微笑《ほほえ》んで大きく頷いている二人の顔が浮かんできた。

「直美、くれぐれも言っておくが、大城や子供のあとを追って死のうなどと、絶対につまらない考えは起こすんじゃないぞ」

日高が、直美の胸の内を見透かしたように言う。

「わかっています……」

直美は日高には嘘《うそ》をつけないと思った。

「死ぬことより、生き続けることの方がずっと難しいし、苦しいものだ。いいか直美、おまえは大城と息子雅直の分まで生きて、生きて、生き続けなければならない。私の言っていることがわかるな」

「はい……」

「阿修羅《あしゅら》やシーサー、般若《はんにゃ》の面と毒蛇、そして般若心経《しんぎょう》の彫り物は、なんのためだ。二人のためでなかったのか。おまえは大城と息子から生かされているんだ。これからは二人に代わって、もっともっと、その命を世のため人のために使わなければならないんだ。わかるな」

日高が厳しく言って聞かせた。

「はい……」

直美が頷いた。

「奥さん、部長の言うとおりです。大城や雅直君も、きっとあなたには自分たちの分まで生きて欲しいと思っているはずです」

話を聞いていた井原も、日高の言葉に同調して言った。

「ありがとうおじさん、井原さん……」

直美があらためて頭を下げた。

「さて、これからのことだが、二人はどうする」

日高が話題を変えて、気になっていたことを聞いた。

「おじさんと井原さんは、これからどうするのですか？」

直美が逆に聞いた。

「私たちのことは心配しなくていい。私と井原は警察官として、当然の職務執行をしたまでのこと。何ら問題はないという結論が出た」

「よかった……」

「警察の上層部は、できるだけ早く事件の処理をしたい。これ以上事件を大きくしたくない。そう判断したんですよ」

井原が言って独りで頷いた。

「正直、それが警察の立場だろう。ただこのことは、どんなことがあっても、決して喋《しゃべ》るな。それぞれの胸に納めて地獄まで持って行け」

日高が、厳しい口調で言う。

「はい……」

井原と直美が頷いた。

「で、直美、おまえはこれからどうしたい」

日高が再度聞いた。

「おじさん、私の命は一度捨てました。これからは修羅の道を歩みたいと思います。困った人のため、世間にはびこる悪を懲らしめるために、この命は使いたいと思っています」

気持ちを切り替えた直美が、真《ま》っ直《す》ぐ日高の目を見据えて、覚悟のほどを吐露した。

「そうか……で、井原、おまえはどうする？」

「俺は、二度と大城のような被害者を出したくありません。そのためにこの命を使いたい。気持ちは奥さんと同じです」

井原が直美の考え方に同調した。

「二人の気持ちはわかった。結論から言うと、私の気持ちも二人と同じだ。私たち個人の力は微々たるものだ。しかし、独りではできないことでも力を合わせればできる。これからは、私も世間の闇《やみ》を一つ一つ取り除きたいと思う。おまえたち、ついてきてくれるか」

日高が本心を吐露して、じっと二人の目を見つめた。

「わかりました。俺の命は親父さんに預けます。悪を抹殺する。こんな俺たちがいてもいいじゃないですか」

井原の腹はすでに固まっていた。だからか、特に緊張もなくきっぱりと言い切った。

「理不尽な行為をする者が得をする世の中であってはならないと思う。真面目《まじめ》に生きている者が損をしない世の中に、少しでもしたいものだな」

「おじさん、そのためには、まず体を完全に元に戻さなければね」

直美が優しい眼差《まなざ》しを向けて、目元と口元に初めて笑みを浮かべた。

「わかっている。よし、そのためにも今日は思う存分美味《うま》いものを食って、鋭気を養うとするか」

日高が柔和な顔を見せて、二人に頷きかけた。

この作品は徳間文庫のために書下されました。
なお、本作品はフィクションであり、実在の
個人・団体などとは一切関係がありません。

徳間文庫をお楽しみいただけましたでしょうか。どうぞご意見・ご感想をお寄せ下さい。
宛先は、〒105－8055　東京都港区芝大門2－2－1　㈱徳間書店「文庫読者係」です。

徳間文庫

虐《ぎやく》讐《しゅう》

© Ikkyô Ryû 2008

2008年1月15日 初刷

著者 龍《りゅう》一《いっ》京《きょう》

発行者 松《まつ》下《した》武《たけ》義《よし》

東京都港区芝大門二―二―二〒105―8055

発行所 株式会社徳間書店

電話 編集〇三(五四〇三)四三五〇
販売〇四八(四五一)五九六〇

振替 〇〇一四〇―〇―四四三九二

印刷 株式会社廣済堂

製本 株式会社明泉堂

〈編集担当 磯谷 励〉

ISBN978-4-19-892731-8 (乱丁、落丁本はお取りかえいたします)

徳間文庫の最新刊

草津逃避行
西村京太郎
十津川に届いた奇妙な手紙。殺された女の足跡を追って湯煙の町へ

黒豹ダブルダウン 5
特命武装検事・黒木豹介
門田泰明
地球規模の異常気象が発生、犠牲者続出。黒木の勝利はあるのか？

肌絵の女
和久峻三
時は明治。旦那殺しの濡衣に泣く女。代言人落合源太郎の熱血弁護

虐讐
龍一京
夫と息子を何者かに惨殺され復讐の鬼と化した女の地獄道。書下し

倚天屠龍記 一
呪われた宝刀
金庸
岡崎由美監修
林久之・阿部敦子訳
天下制覇の証となる伝説の至宝倚天剣と屠龍刀。武侠スペクタクル

倚天屠龍記 二
黒い刻印
金庸
岡崎由美監修
林久之・阿部敦子訳
幼くして魔刀争奪戦に巻き込まれ過酷な試練を負う少年の運命は？

ためいき洩らして
みなみまき
リゾートホテルを舞台に激しく交差する愛、弾ける欲望。傑作官能

情艶
日本文芸家クラブ編
快楽を追求し欲望に身を委ねる果てしなき官能の世界。全篇書下し

徳間文庫の最新刊

京都市井図絵
やがての螢 澤田ふじ子
風呂屋を舞台に繰り広げられる人間模様。市井の人々の哀歓を描く

いろは双六屋
恋時雨 六道 慧
口入屋の若旦那伊之助の許にくる客は今日もわけありで…。書下し

市太郎人情控
残り火の町 富樫倫太郎
病に冒されさめざめと泣く男に市太郎は…。感涙の時代小説書下し

時代小説招待席
しぐれ舟 藤水名子監修
恋はせつなく、やるせない。時代短篇アンソロジー、宇江佐真理ほか

粋・意地・色の町人生活
「江戸」な生き方 小菅 宏
映画やドラマに描かれる江戸の町人生活には誤解や歪曲がいっぱい

〈新装版〉古着屋総兵衛影始末㈠
死闘！ 佐伯泰英
表向きは古着問屋、裏では影旗本として勤めを果たす大黒屋総兵衛

〈新装版〉古着屋総兵衛影始末㈡
異心！ 佐伯泰英
赤穂浪士への助力を決意する総兵衛の前に柳沢吉保が立ちふさがる

徳間書店のベストセラーがケータイに続々登場！

徳間書店モバイル
TOKUMA-SHOTEN Mobile

http://tokuma.to/

情報料：月額315円（税込）〜

アクセス方法

iモード　[iMenu] ➡ [メニュー/検索] ➡ [コミック/書籍] ➡ [小説] ➡ [徳間書店モバイル]

EZweb　[トップメニュー] ➡ [カテゴリで探す] ➡ [電子書籍] ➡ [小説・文芸] ➡ [徳間書店モバイル]

Yahoo!ケータイ　[Yahoo!ケータイ] ➡ [メニューリスト] ➡ [書籍・コミック・写真集] ➡ [電子書籍] ➡ [徳間書店モバイル]

※当サービスのご利用にあたり一部の機種において非対応の場合がございます。対応機種に関してはコンテンツ内または公式ホームページ上でご確認下さい。
※「iモード」及び「i-mode」ロゴはNTTドコモの登録商標です。
※「EZweb」及び「EZweb」ロゴは、KDDI株式会社の登録商標または商標です。
※「Yahoo!」及び「Yahoo!」「Y!」のロゴマークは、米国Yahoo! Inc.の登録商標または商標です。